아빠가 엄마를 죽였어

아빠가 엄마를 죽였어

Ceci n'est pas un fait divers

필리프 베송 장편소설
Philippe Besson

이슬아 옮김

레모

한국의 독자들에게

어느 날 서점에서 한 청년이 다가왔다. 그는 내 책들을 '거의' 다 읽었다고 고백했다. 그는 나를 만나 감격했고, 나는 그 모습에 뭉클해졌다. "끝나고 한잔할 시간 있을까요?"라고 그가 속삭였다. 나는 받아들였다. 우리는 시끌시끌한 카페에서 오래 이야기를 나누었다. 그리고 다시 보자는 약속을 하며 헤어졌다. 우리는 약속을 지켰다. 애정이 싹텄다. 세 번째인가 네 번째 만났을 때, 알아가는 사이에서 으레 그러듯 그의 출신에 대해 묻자 그는 머뭇거리다가 말했다. "고백할 게 있어…. 우리 아버지가 어머니를 죽였어."

예상치 못한 아찔한 고백에 나는 멍하니 아무 말도 못 했다. 잠시 후 정신을 차리고 물었다. "왜 미리 말하지 않았어?" 그것은 결코 비난이 아니었다. 다만, 그가 그토록 중요한 사건에 대해 그동안 입을 다문 이유를 이해하고 싶었다. 그가 대답했다. "어머니의 죽음이 모든 걸 휩쓸어버렸거든. 나는 중요하지 않아." 사실상 그는 스스로를 발언권이 없는 부수적 피해자로 칭했다. 부당한 이야기였다. 분명 그는 중요했고, 보이지도 들리지도 않아서는 안 되었다. 그러다가 내가 중요하지 않다고 여겨지는 사람들, 그늘에 가려지고 시야 바깥에 있는 사람들, 주변에 있는 사람들, 잊힌 사람들, 소외된 사람들에 관해 종종 글을 쓴다는 데에 생각이 미쳤다. 그에 관한 글을 쓸 수 있겠다는 생각이 들었다. 그는 "그 이야기를 어떻게 해야 할지 모르겠어. 내게는 단어가 없어"라는 말로 자신의 함구를 설명했다. 나는 그에게 단어와 목소리를 찾아주고 싶었다. 그의 목소리는 들릴 자격이 있으니까. 그렇게 해서 나온 책이다. 그 책이 지금 당신 손에 있다.

이 책은 끔찍한 일이 벌어졌을 때, 우리의 관심이 미처 미치지 못하는 곳에 있는 이들에 대한 이야기이다. 이 책은 여성 살해로 고아가 된, 순식간에 산산조각 난 존재들이 느끼는 망연자실과 헤아릴 수 없는 슬픔, 가늠할 수 없는 분노,

자기 자신을 갉아먹는 죄책감에 관한 이야기이다. 이 책은 가라앉지 않고 떠오르려는 그들의 투쟁에 관한 이야기이다. 또한 이 책은 폭력적인 배우자에게 구타당해 쓰러진 모든 여성에게 분명하게 경의를 표하기 위해 쓰였다. 그들의 죽음은 '치정'이 아닌 '소유욕'에 의한 것이다. 억압에서 벗어나고자 했던 여성들은, 해방될 권리를 빼앗고 달아나지 못하게 하려는 손에 의해 죽임당했다.

이 책이 당신의 의식을 깨우고 벼려 당신의 마음을 움직일 수 있기를 바란다.

당신이 보여줄 관심에 고마움을 전하며….

필리프 베송

충격적인 이야기로 이 책의 싹을 틔워준 T에게
그리고 불확실한 시간에 든든하게 곁에 있어준 소피안에게

폴린은 눈에 띄지 않아, 자신이 아름다운 것도 잊지
온몸에 푸른색 얼룩이 있어
남편이 곧 돌아오는 데 그 생각조차 하고 싶지 않지
그가 그녀의 팔을 잡아끄는 것은 춤추자는 뜻이 아니야
빅플로와 올리 〈유감이야〉*

충격적인 사건에서 충격적인 것은
우리가 거기에 익숙해진다는 사실이다.
시몬 드 보부아르

---

* 〈유감이야Dommage〉는 프랑스의 힙합 듀오 빅플로와 올리Bigflo et Oli
가 2017년 발표한 곡이다. 네 사람의 삶을 돌아가면서 이야기하는데, 남편에
게 폭행당해 결국 죽음에 이르는 여자의 사연이 그중 마지막 이야기이다.

차례

1

처음에 동생은 아무 말도 하지 못했다.

어쨌든 동생은 간신히 내게 전화를 걸었고, 그때 나는 무언가를 하느라 전화가 끊기기 직전에야 받았다. 동생은 통화 연결음이 네 번 울리는 동안 인내심을 갖고 기다렸다. 전화가 끊길까 봐 황급히 자신의 이름을 부르는 내 목소리를 듣고 입을 떼려 했지만, 갑자기 말문이 막힌 듯 아무 말도 하지 못했고, 실제로도 아무 말이 없었다. 충격을 받아 말을 잃은 것이다.

나는 동생이 받은 충격에 대해 전혀 몰랐다. 그저 연락을 거의 하지 않던 동생이 전화를 걸었다고만 생각했다. 우리는 평소 별다른 교류가 없었고, 내가 본가에 가는 주말에 나누는 대화가 전부였기에, 동생의 전화가 왔을 때 걱정보다 놀라움이 앞섰다. 수화기에 숨소리만 들리자 갑자기 걱정이 되기 시작했는데, 동생의 숨소리가 꼭 숨이 막힌 사람 같아서였다. 그랬다, 호흡이 곤란한 사람처럼 들렸다. 그래서 나는 다시 소리쳤다. "레아니? 레아 맞지?" 하지만 아무 대답이 없었다.

동생이 장난을 친 것이거나, 통화 버튼이 잘못 눌려 내가 전화를 받은 줄도 모르는 거라고, 흔히 있는 일이라고 여길 수도 있었지만 그렇게 생각하지 않았다. 전화를 건 사람이 동생이 아니라 동생의 휴대전화를 훔친 사람이거나, 동생이 전화를 걸 수 없어서 다른 사람이 대신 걸었다는 생각 역시 하지 않았다. 정말로 동생이 건 전화라고 확신했다. 거칠게 몰아쉬는 가쁜 숨소리만 들렸지만 동생이 확실했다. 의심할 여지가 없었다. 내가 틀릴 수는 없었다.

여전히 동생이 아무 말도 하지 않아서 나는 불안감을 감추고 초조함이 드러나지 않도록, 친절하게 말해야겠다고 생각하며 부드러운 목소리로 물었다. 그러자 동생이 마침내 입을 열었다.

"일이 생겼어." 동생이 웅얼거렸다.

등줄기를 따라 얼음이 미끄러져 내려가던 느낌을 나는 생생히 기억한다. 원룸 부엌의 작은 식탁 의자에 앉아 있던 나는 서늘한 기운을 느끼고 즉시 자세를 바로잡았다. 다른 기억들은 흐릿해져 떠올리려고 애써야 하는데, 왜 이 장면은 이토록 생생한지 모르겠다. ─정신과 의사에게 물어봐야겠다─어떤 결정적인 순간들은 뇌리에 각인되고, 그것이 벌어지는 순간 이미 그것이 결정적임을 알게 되는지도 모르겠다.

"무슨 일인데?"라고 묻지 않았다. 레아가 적어도 10초 남짓 흘려보내고 있었으니 질문을 할 시간은 충분했을 것이다. 하지만 동생이 정신을 가다듬고, 말로 할 수 없는 것을 말하기까지 시간이 필요했다. 동생의 목소리에 힘이 없고 거친 숨을 몰아쉬고 있었지만, 말을 하려던 참이었기에 그런 질문은 부질없다고 생각했다. 유일하게 진실을 알고 있는 사람이 그 진실을 말하려 하고, 그 진실은 동생의 것이고, 동생은 오직 그것을 위해 전화를 걸었고, 나를 선택할 수밖에 없었고, 처음에는 얼어붙었다가 감정의 소용돌이에 휘말렸지만, 동생은 할 수 있었다. 할 말을 할 것이다.

그리고 동생은 그렇게 했다.

동생이 말했다.

"아빠가 방금 엄마를 죽였어"

2

레아는 열세 살, 나는 열아홉 살이었다.

우리는 이 같은 성격의, 이런 규모의 재앙을 감당할 수 있는 사람이 아니었다.

그런 일을 감당할 수 있는 사람은 아무도 없다. 분명히.

그런데 그런 일이 우리에게 벌어졌다.

3

어쩌면 다른 사람들은 "뭐? 무슨 말을 하는 거야?"라고 소리치거나, 자신이 제대로 이해했는지 확인하기 위해 되물었을 테지만—실제로는 이해했음에도 그저 파블로프의 조건반사처럼 기계적으로 다시 묻는 것이고, 믿지 않거나, 믿을 수 없거나, 믿기를 거부하는 것이겠지만—나는 비명을 지르지도, 반박하지도 않았다.

대신 나는 "어떻게?"라고 물으며, 정확히 무슨 일이 어떻게 일어났는지 이해하기 위해 설명을 요구했다. 나도 모르게 튀어나온 말이었다. 그런 일은 그토록 일반적인 일로, 엄청난 일로 남아 있을 수 없었고, 세부 사항, 구체적인 것, 실질적인 것, 명백한 것, 경계선과 테두리가 필요했다.

레아는 대답하지 않았다.

그런 질문을 열세 살 아이에게, 더군다나 희생자의 딸에게 해서는 안 된다는 것을 너무나 뒤늦게 깨달았다.

그래서 나는 추궁하는 대신, 작은 목소리로 내게 가장 덜 두려운 가설, 믿지 않지만 마지막 희망을 걸었던 가능성을 물었다. "아빠가… 일부러 그런 건 아니지?"

동생은 딱 한 마디만 했다. "맞아."

그것은 차분하고 확실한 '맞아'였다.

우리를 곧장 지옥으로 밀어 넣는 대답이었다.

내가 입을 닫을 차례였다.

그 사실에 나는 얼이 빠지고, 충격을 받고, 압도되었다.

분명 예상을 뛰어넘는 엄청난 일이었다. 지금도 불현듯 레아의 속삭임이 떠오르면, 나는 극도의 혼란 상태에 빠져 무장해제되고 정신이 혼미해지고 끊임없이 무너진다. 그런 말이 입 밖으로 나왔다는 사실에 나는 할 말을 잃는다.

그리고 나는 피폐해졌던 것 같다. 그렇다, 난 곧장 실의에 빠졌다. 어머니가 돌아가셨다. 그토록 소중했던, 내가 사랑했던 어머니―바보처럼 사랑한다는 그 흔한 말 한번 못 했는데―이제 막 성인이 된 나는 그 말을 영영 하지 못하게 됐다. (이 소식은 펄펄 끓는 기름에 던져지는 튀김처럼 나를 그 안으로 몰아넣는 것 같았다— 이 이미지가 거슬릴 수 있지만, 그래도 가장 정확하다.) 나는 슬픔에 휩싸였다. 울음이 터지지도, 눈물이 나지도 않았다— 정신이 혼미해져 아무것도 나오지 않았다— 하지만 슬픈 것은 분명했다. 정말로 비통하고 서글픈 일이었다.

나는 공포심도 느꼈다. 어머니는 폭력적인 죽음을 맞았다. 우리는 부모의 죽음이 먼 훗날 조용히 찾아올 것이고, 준비할 시간이 있을 거라고 믿으며 살아간다. 우리는 질병을 염려한다. 사고가 일어날 수 있다는 가정은 애초에 하지 않는다. 상상조차 되지 않기 때문에, 근거도 없이 그렇게 믿는다. 우리는 살해될 수 있다는 가능성을 제외한다. 절대로 살인 사건을 생각하지 않는다. 그건 영화나 주간지에서나 일어나는 일이다.

그러자 분노가 솟았다. 어머니는 무방비 상태로, 적어도 우위에 서는 것이 불가능한 채로 목숨을 잃었다. 어머니는 가냘팠고 아버지는 힘이 넘쳤다. 어머니가 아버지를 벗어날 수 있는 가능성은 조금도 없었다.

어머니의 죽음은 전화로 들어서인지 더욱 비현실적이고 허황되게 느껴졌다. 나는 어쩔 줄 몰랐다. 완전히 길을 잃었다. (내 잘못도 있다. 집을 나와 멀리 떨어져 지낸 지 꽤 되었으니까. 그 이야기는 다시 언급할 것이다.)

내가 오랫동안 느낀 일련의 감정들을 늘어놓는 것처럼 보일지도 모르겠다. 하지만 실제로는 단 몇 초였다. 몇 초 만에 이 모든 감정 상태를 통과할 수 있었다는 게 놀랍다.

수화기 너머로 들리는 동생의 숨소리가 이 모든 것을 대수롭지 않게 만들었다. 대처해야 할 긴급한 상황이 벌어졌고, 그 일을 대처할 수 있고 대처해야 하는 사람은 나였다. 동생이 내게 전화한 것 또한 그 때문이 아니었나?

4

"너 어디야?"

"부엌."

"혼자 있어?"

"엄마랑."

동생은 마치 어머니가 아직 숨을 쉬는 듯, 살아 있는 사람인 듯, 마치 아무것도 변한 게 없다는 듯 '엄마랑' 있다고 했다. 울음이 터지려는 것을 참아야 했다.

그러다가 그 장면이 머릿속에 그려졌다. 아직 어떤 상황인지 몰라도, 바닥에 놓인 시체와 주변의 피를 상상하는 것은 어렵지 않았다. 내가 '어렵지 않다'고 말한 것을 오해하지 말아주길. 분명히 끔찍했다. 견딜 수 없기까지 했다. 하지만 집의 구조를 완벽히 알고 있는 내게 그 장면을 그리는 일은 유추와 추측의 문제일 뿐이었다.

그렇게 난 어머니의 시체 옆에 있는 레아를 보았다.

이 이상한 이야기에는 부연 설명이 필요하다. 나는 실제로 그 장면을 본 적이 없다. 그러나 그 장면이 내 머릿속을 떠나지 않는다.

"아빠는? 아직 집에 있어?"

"아니. 도망쳤어, 어디 있는지 몰라."

다시 나는 그려보았다(이것은 가장 중요한 순간에 멀리 떨어져 있고, 부재하고, 함께 있어주지 못하는 상황을 바로잡는 나만의 방식이었다). 아버지는 처음에는 얼이 빠져 뒷걸음질하다가 겁에 질려 비겁하게 도망쳤을 것이다. 나가면서 문을 세게 닫지도 않았을 것이다. 집 앞 골목에서 술 취한 사람처럼 비틀거렸을 것이다. 나는 즉시 이 장면을 머릿속에서 지웠다. 그런 모습은 아버지가 저지른 일의 무게를 덜어줄 수 있기 때문이다.

"진짜 확실해? 엄마가 정말로…"

"응."

희망을 품지는 않았지만, 시체를 한 번도 본 적이 없다면 틀릴 수도 있지 않을까? 가해진 타격(실제로 타격이었다면)은 치명적이지 않았을 수도 있다. 그런데 레아는 분명하게 '응'이라고 답했다. 레아는 동요했을지언정, 정신은 온전했다. (레아가 엄마의 맥박을 확인했다는 것을 알게 되었는데, 이 장면 또한 견딜 수 없었다.) 그리고 이 폭풍 속에서 분명한 사실과 단순한 진실이 동생에게 나침반이 되어주었다.

나는 질문을 끝마치지 않았고, 결정적인 단어를 소리 내 말하지 않았음을 알고 있었다(확실하다). 어느 정도 시간이 흐른 뒤, 내가 장애물 앞에서 포기하는 말처럼 현실에 부딪혀 포기한 것은 아닌지, 용기가 부족했던 것은 아닌지 스스로 묻곤 했다. 아니면 추가적인 폭력을 가하지 않기를 바랐을 수도 있다. 이제 나는 레아가 내 말을 잘랐다고 믿는다. 나를 보호하기로 한 사람은 바로 동생이었다.

"넌 안 다쳤어?"

"응."

아버지는 동생을 공격하지 않았다. ("신이여, 감사합니다"라는 말이 나올 뻔했지만, 감사드릴 신은 없었다. 신이 있다면 오히려 원망의 대상이었다.) 아버지가 어머니를 위협했는지, 더 끔찍한 어떤 것을─공포를 더하는─무언가를 시도했는지는 나중에 알아볼 시간이 있을 것이다. 중요한 것은 동생이 무사하다는 사실이었다. 그것은 종말의 날에 들려온 유일한 낭보였다.

"주방에 있지 마. 네 방으로 올라가서 문 잠그고 거기서 나오지 마."

동생을 피난시키는 게 우선이었고, 무엇보다도 동생 앞에 펼쳐져 있을 끔찍한 광경으로부터 동생을 보호하는 게 중요했다. 나조차도 두려움과 공포에 벌벌 떨고 있는데, 동생은 어떻겠는가?

동생이 살인을 목격했을지도 모르지만, 나는 감히 물어볼 수 없었다. 우리는 나중에 얼굴을 맞대고 그 이야기를 나눌 것이다.

"아니면 베르종 아줌마 댁으로 가."

즉석에서 떠오른 생각이었다. 문을 잠그고 집에 있는 게 안심이 될 수도 있지만, 아버지가 되돌아온다면 위험할 수 있다. 이웃집에 피신하는 게 더 안전할지 모른다. 살인자가―그 사람을 그렇게 불러야 마땅하지 않을까?―아직도 주변에 서성일지 모른다.

"내 방이 더 좋아"라고 동생이 말했다.

동생을 안심시키는 세계이자 보호막, 아무 일도 일어날 수 없는 곳. 하지만 부엌 역시 아무 일도 일어나서는 안 되는 곳이다. 부엌에서 사람이 살해되어서는 안 된다.

나는 "그럼 그렇게 해"라고 답했다.

나는 말을 이었다. "경찰에 신고할게. 경찰이 곧 출동할거야. 나도 곧바로 다음 기차를 탈게."

동생은 "알았어"라고 말했다.

나는 덧붙였다. "기차 타고 다시 전화할게. 널 혼자 두지 않아, 알지? 널 혼자 두지 않을 거야."

동생이 다시 말했다. "알았어."

5

전화를 끊은 뒤 나는 의자에 꼼짝 않고 앉아 있었다.

경찰에 신고하고 기차표를 끊어야 했지만, 나도 모르게 어머니가 살아 있었을 때 언제 마지막으로 보았는지 생각하며 기억을 더듬고 있었다.

3주 전이었다. 어머니는 나를 기차역까지 바래다주었다.

나는 어머니의 마지막 말을 떠올려보려 했지만 기억나지 않았다. 아마 하나 마나 한 말이었을 것이다. "열쇠 잘 챙겼나 확인했지?"처럼.

어머니의 마지막 모습을 머릿속에 그려보았다. 내 기억에 어머니는 플랫폼에 서서 작별 인사를 하려고 내 쪽으로 손을 들었다. 나도 똑같이 손을 들어 인사를 했던 것 같은데 확실하지 않다.

불분명하고 흐릿한 기억이 나를 괴롭혔다.

곧바로 자리에서 일어나선 안 될 것 같았다. 현기증으로 쓰러지거나 기절하지 않도록 정신을 가다듬어야 했다.

피를 뽑은 뒤의 몸 상태 같았다.

생각을 해야 했다. 동생과의 짧은 통화가 불러온 이 엄청난 광기에서 빠져나와야 했다. 통제력을 되찾아야 했다.

그래서 나는 큰 소리로 또박또박 말해보았다. "아버지가 방금 어머니를 죽였다."

일관성과 객관성을 확립하고 그 말에 의미를 부여하려면 큰 소리로 발음해야만 했다. 그 말의 내용과 조금이라도 거리를 두고 싶은 헛된 희망을 품은 채.

그런데 결과는 뜻밖이었다. 작은 식탁 앞에 앉아 있던 나는 충격을 받기는 했지만 어쩌면 완전히 놀라지는 않았던 것 같았다.

'일어날 일이었어.'

아니. '일어날 수 있는 일이었어.'

그렇지만 나는 단 한 번도 그런 예측을 해본 적이 없다. 단한 번도.

그래서 어쩌란 말인가?

어쩌면 그런 예측이 내 잠재의식 속에 숨어 있다가 불현 듯 나타난 것일지도 모른다.

너무 늦었다.

아니다.

나는 생각을 몰아냈다. 지금은 상념에 젖어 있을 때가 아니다. 그 생각은 다시 떠오를 것이고, 직면하게 될 것이다. 우선은 급한 불부터 꺼야 한다.

평소라면 17번*을 눌렀을 것이다. 그러는 대신 나는 블랑크포르 경찰서 번호를 찾았다. 왜 그랬을까? 17번을 누르면 익명의 누군가가 전화를 받을 것 같았다. 어딘지도 모르는 사무실에서 헤드폰을 끼고 전화 교환기 앞에 앉은 사람이 절차와 매뉴얼에 따라 내 이름 철자를 묻고, 다시 묻고, 내 말을 의심할 것 같았다. 그렇게 시간을 버릴 것이고, 나는 대수롭지 않게 여겨지거나 미심쩍은 태도로 대해지는 것을 견딜 수 없을 것이다. 그들은 수많은 전화를 받고, 말도 안 되

---

* 프랑스 응급 전화에서 범죄 신고는 17번이다.

거나 사소한 일로 전화를 거는 이들도 많기 때문에, 전화를 받으면 가장 먼저 통화를 분류하고 거를 것이라고 짐작했다. 나는 우리 도시를 아는, 어쩌면 내 어머니를 알았던 진짜 사람의 목소리가 듣고 싶었다. 어떤 여자가 전화를 받았다. 앳된 목소리였다. 나는 단숨에 모든 것을 털어놓았다. 상대는 살짝 당황했지만 단호하게 "대응팀을 즉시 현장에 보내겠습니다"라고 말했다.

돌이켜보면 나를 고약한 농담이나 하는 사람으로 여길 수도 있었겠지만, 경찰은 조금의 망설임도 없이 내 말을 믿었다. 얼빠진 내 상태가 확신을 주었던 것 같다. 또 이름과 주소, 전화번호, 장소의 묘사 등 덧붙인 구체적인 정보들이 모여서 설득력을 준 것 같다. 나는 이렇게 말하기도 했다. "포모드릴 거리 아세요? 레퓌블릭 버스 정류장은요? 그 정류장 바로 뒤에 있는 거리예요." 있을 수 없는 일을 있을 법하게 만드는 것은 종종 평범한 이미지들이다.

그런 다음 결국 나는 예매도 하지 않고, 짐도 싸지 않고 몽파르나스역으로 달려갔다. 홀에 세워진 전광판을 보니 5분 뒤 보르도행 기차가 출발할 예정이었다. 운이 좋았다(이 생각이 머리를 스치자 이내 침울해졌다). 나는 플랫폼을 찾아,

문이 곧 닫힌다는 안내를 들으며 첫 번째 객차에 올라탔다. 검표관이 무임승차로 벌금을 부과하면 어머니가 조금 전 돌아가셨다고, 아버지가 어머니를 죽였다고 이유를 댈 수 있을 것이다. 그 말을 듣고도 검표관이 완고하게 나올까? 비극에는 그 나름의 장점이 있다. 물론 보잘것없는 장점이다. 표 검사를 받지는 않았다.

기차가 파리에서 막 출발하는데 모르는 번호가 휴대전화 화면에 떴다. 즉시 전화를 받았다. 그는 헌병대* 소령이라고 자신을 소개했는데 이름을 외우지는 못했다. 나는 객실 밖으로 나가 전화를 받을 테니 잠시 기다려달라고 했다. 그는 신원을 확인하는 것부터 시작했다. 내 신고 전화를 접수하고 '후속 조치'를 취하는 중이며, 자신은 '현장'에 나와 있다고 말해주었다. 전문가다운 근엄하고 무미건조하던 목소리가 갑자기 바뀌었다. "모친의 사망을 확인했습니다. 유감입니다."

나는 그들이 이런 소식을 알릴 때는 보다 부드럽고 연민 어린 목소리를 내도록 교육기관에서 배우는지, 아니면 경

* 프랑스에서는 지방과 농촌에서 국가 헌병대가 법 집행 및 공공 안전 업무 등 한국의 지방경찰과 같은 일을 한다.

험을 통해 그러한 세심함을 익혔는지, 수년간 복무했지만 여전히 억누르기 어려운 감정들도 있는지 궁금해졌다.

어쨌든, 어머니의 죽음이 공식적으로 기록되어 부인할 수 없는 사실이 된 순간 내 눈은 기차 화장실 문의 무늬를 뚫어져라 보고 있었다. 그 기괴한 무늬가 잊히지 않는다.

정신을 가다듬고 동생 소식을 물었다. 그는 냉정하고 형식적인 단어를 사용하며 동생이 "책임하에 안전하게 보호받고 있다"고 대답했다. 나는 그 책임이 무엇을 의미하는지 몰랐다. 동생은 경찰차 뒷좌석에 앉아 있을까? 아니면 의사나 소방관에게 인계되었을까?

그러고 나서 아무도 내 말을 들을 수 없는데도 목소리를 낮춰 물었다. "엄마는 어떻게 돌아가셨나요?" 그는 대답을 회피했다. "현장에 오셔서 듣는 편이 낫지 않을까요?" 끔찍한 답변이 기다리고 있음을 눈치챘다. 재차 묻자 결국 입을 열고 규정에 따라 경찰 용어를 사용하며 답했는데 조금이나마 충격을 덜어주기 위해서였던 것 같다. "도검류를 사용한 것으로 보입니다." 어머니가 칼에 찔린 것이다. "수차례요." 어머니는 칼로 난자당했다.

6

기차를 타고 가는 길에 특별히 기억에 남는 것은 없다. 그 당시 주기적으로 탔던 기차라 눈에 익은 풍경들이 스쳐 갔다. 그러나 나는 풍경을 보지 않았거나, 볼 수 없었다. 녹색, 지나가는 녹색, 끝없는 들판, 그 어떤 것도 내 주의를 끌지 못했다. 잡지 읽는 데 푹 빠진 아주머니와 조금 떨어진 곳에 있던 어수선한 여자아이, 그 아이의 고함과 부산스러움이 거슬렸던 게 기억난다. 그런 내가 싫었다. 짜증을 낼 것이 아니라 우리 삶이 얼마나 유약한지도 모르고 주변의 비극에 개의치 않는 이 아이를 경이로워했어야 했다. 나는 이어폰을 귀에 꽂았다. 펫숍보이스의 음악을 들었다. 이런 상황에 슈가팝이라니 전혀 어울리지 않았지만 상관없었다. 중요한 것은 음악을 듣고 주의를 딴 데로 돌리는 것이었다.

나는 레아와 문자 메시지를 주고받았다(동생은 경찰이 곁에서 지켜주고 있다고 말했다). 나는 약속을 지켰다. 나는 동생에게 가는 중이고, 곧 곁에 있을 것이고, 동생을 안아줄 수 있을 것이다. 하지만 안아주겠다고 쓰지는 않았다. 연민에 빠져 있거나 감정적으로 행동한다는 인상을 주고 싶지 않았다. 물론 터무니없는 생각이다. 상황이 상황인 만큼 평소와 다른 행동을 해도 누구도 문제 삼지 않고 이해했을 것이다. 상상할 수 없는 끔찍한 일이 벌어져도 어떤 반사적 행동들은 여전히 남아 있는 법이다.

동생을 어서 빨리 만나고 싶은 조바심과 (이미) 동생 혼자 사건을 겪게 한 것에 대한 죄책감으로 시간이 길게 느껴졌을 수도 있었지만, 이상하게도 그렇지 않았다. 나는 시간이 가는 줄도 몰랐다. 시간은 관념적이고 혼란스러우면서 동시에 요동치며 뒤엉켜 있었다. 불행 중 다행이었다.

이 멍한 상태는 쉽게 설명되었다. 나는 한 가지 생각만을 곱씹었던 것이다. 아버지가 왜 어머니를 죽였는지, 어떻게 그 지경에 이르렀는지. 그리고 꿈이나 악몽을 꿀 때처럼 다음으로 넘어가지 못했다. 계속해서 같은 질문이 견딜 수 없을 정도로 집요하게 맴돌았다.

생장 역에 도착해 언제나 타던 트램 대신 택시를 탔다. 일주일 치 생활비를 택시비로 쓰는 게 뭐 대수겠는가? 귀중한 시간을 낭비하고 싶지 않았다.

차를 타니 미련스레 어린 시절이 떠오르고 당시의 감각이 되살아났다. 레아와 나는 뒷좌석에 앉아 있고, 앞에 탄 부모님은 신경이 곤두서 있었다. 아버지는 차가 통 나가지 않자 교통 체증이 자신을 기다렸다고, 사람들이 일부러 자신을 열받게 하려고 차를 끌고 나와 도로를 붐비게 하고 운전을 이상하게 한다고 생각했다. 어머니는 잊은 건 없는지, 지갑을 놓고 오지는 않았는지, 열쇠로 문을 잠갔는지 전전긍긍했다. 대형 마트에서 일상적으로 장을 볼 때도 사야 할 물건을 빠뜨렸을까 봐, 카트가 부딪힐까 봐, 특별 세일을 놓칠까 봐 걱정을 달고 살았다. 생각해보면 어머니는 자주 불안한 모습을 보였다. 택시 안에서 나는 그동안 그 점을 대수롭지 않게 여겼다는 것을 깨달았다. 거기에는 분명 원인이 있다는 것을 깨달았다.

나는 가까운 지인과 가족, 친구나, 이웃, 동료들과 변호사, 전문가에게 물어보고, 법원 서류를 읽고, 피해자와 살인자의 말을 주의 깊게 듣고, 인터넷에서 관련 자료를 읽은 뒤에야 확신하게 되었다. 원인은 바로 아버지였다.

7

내가 현장에 도착했을 때 헌병대 차량 몇 대가 세워져 있고, 폴리스 라인이 쳐진 천막 뒤로 구경꾼들이 서 있었다. 사람들은 뉴스거리에 열광하고, 방금 발생한 추돌 사고를 보기 위해 도로에서 속도를 늦추고, 구경거리를 놓치지 않으려고 맨 앞줄을 지키기 마련이다. 거기서도 사람들은 수사관들의 얼굴을 주시하며, 표정 하나하나를 놓치지 않고, 들것에 얹힌 시체가 나오기를 기다렸다. 그들은 안타까워했고, 끔찍해하면서도 결코 관중석을 떠나지 않을 것이다. 연민에서 우러나온 행동은 아니었다. 어쨌든 연민이라고만 할 수는 없다. 그것은 관음증이었다. 구경꾼들 가운데 아는 얼굴이 두세 명 있었다. 분노가 치밀었다. 우리 어머니에 관한 일인데 부끄럽지도 않나? 내가 폴리스 라인을 통과할 수 있도록 다가오는 소령을 보고야 분노가 가라앉았다.

피에르 베르디에에 관해 설명해야겠다. 올곧은 사람. 그게 내가 받은 첫인상이었다. 아마도 그의 바른 태도와 흰머리, 공직을 수행한다는 분위기 때문이었을 것이다. 다 괜찮아질 거라고 안심시키는 인상을 주는 사람들이 있다. 피에르 베르디에가 그랬다. 그것이 그의 능력에 대해서는 아무것도 알려주지 않았지만. 그리고 내가 완전히 착각한 것일 수도 있다. 어쨌든 우리가 적임자를 만났다고 생각했다.

(헌병들이 중요한 일을 놓치기도 하고, 괴로움에 울부짖어도 마땅한 관심을 기울이지 않는다는 것을 그때 나는 몰랐다.)

그러나 내가 그를 보자마자 신뢰했다는 것은 별로 중요하지 않았다. 내 어머니는 죽었고, 누가 죽였는지도 알고, 밝혀야 할 미스터리도 없고, 조사할 것도 없었다. 찾아야 할 살인자만 있을 뿐이었다. 왜냐하면 바로 그때, 내 아버지가 자취를 감추었기 때문이다. 너무나 무력하고 너무나 큰 충격을 받은 순간에는 처음으로 내민 손을 붙잡고 처음으로 위로를 건네는 목소리에 귀를 기울이는 것 말고는 할 수 있는 일이 없다.

그는 나에게 다시 애도를 표하고는 호기심 넘치는 구경꾼 무리에서 떨어진 천막 옆으로 나를 데려가 필요한 것은 없느냐고 물었다. 낮은 목소리로 천천히 대화를 하며 시간을 끄는 것 같았다. 불현듯 나는 집에 들어갈 수 없음을 깨달았다. 그는 곧바로 내 예상이 맞았음을 확인해주었다. "이곳은 범죄 현장입니다. 이해하시죠. 모친께서 아직 집 안에 계십니다. 이후 영안실로 이송되면 시신을 공식적으로 확인해달라는 요청을 드리겠습니다."

나는 무릎을 꿇고 주저앉았다.

말 그대로.

갑자기 군중 사이에서 소란이 일었다. 그들은 내가 주저앉는 모습을 보았고, 소령이 나를 일으키려고 애쓰는 모습, 부하 중 한 명이 도움을 주려고 달려오는 모습을 보았을 것이다.

몸을 일으키자마자 나는 바지 밑단에 묻은 먼지를 보고 무의식적으로 털었다. 이렇게 세세한 부분까지 기억에 남아 있다. 모든 것이 이해불가였고, 모든 일이 안개 속에서 일어나는 것 같았지만 바지 밑단에 묻은 먼지를 털었던 것은 잊을 수 없었다. 구경꾼들의 웅성거림도 잊을 수 없었다.

나는 어머니를 보고 싶다고, 어머니를 보지 못하게 막는
것은 비인간적인 행위라고 항의했다. 소령은 냉정했다. 살
인 현장이 훼손될 위험이 있기 때문에 들여보낼 수 없고, 조
사가 시작되었기 때문에 모든 절차를 엄정히 준수해야 한다
고. 죄송하지만 그럴 수 없다고. 그리고 모든 게 달라졌다는
것을 확실히 이해하도록 "이 집은 이제 폐쇄될 겁니다. 묵을
곳을 구하십시오"라고 구체적으로 말했다.

잠시 그를 뚫어져라 보았다. 더는 화가 나지 않았고, 분노
가 순식간에 사라졌고, 이제 그 무엇도 예전과 같지 않을 것
이며, 우리의 삶은 뉴스거리가 되었고, 경찰과 법원의 소관
이 되었고, 이제 내게는 발언권이 없다는 것을 깨달았다.

8

나는 간청했다. "레아만이라도 볼 수 있을까요?"

피에르 베르디에가 동의했다. "이웃집 아주머니께서 데리고 있겠다고 했어요. 동생은 곧 헌병대에 출석해야 합니다. 신문을 받아야 하거든요. 동생이 유일한 증인입니다."

그 순간 나는 알았다.

동생은 모든 것을 보았구나.

동생은 어머니가 아버지에게 살해되는 것을 보았다.

곧바로 이런 생각이 들었다. 몇 년이 걸릴까? 동생이 트라우마를 극복하고 깊은 심연에서 빠져나오려면? 그건 단지 시간의 문제일까?

엄청난 연민과 고통이 몰아쳤다. 뭐가 먼저였는지도 모르겠다.

그리고 모든 생각을 몰아냈다. 정신을 똑바로 차려야 했다.

나는 빠르게 말을 이었다. "같이 가도 될까요? 동생이 갈 때요. 헌병대에."

제복을 입은 남자는 머뭇거렸다. "공식적으로 당신은 증인이 아니며, 당신이 동생의 증언에 영향을 미치는 것을 바라지 않습니다. 그럴 의도가 없다고 해도요."

다시 부탁했다. "동생은 미성년자예요…. 동생에게는 너무 벅찬 일이니, 제가 곁에 있는 게 좋을 거예요."

그는 고개를 끄덕이며 내 부탁을 들어주었다.

그런 다음 나는 우리 집과 거의 같은 방향에 있는 베르종 씨의 집을 향해 걸어갔다. 우리는 작은 주택 단지에 살았고, 1970년 중반에 동시에 지어진 집들은 다 비슷비슷했다. 집 앞 정원까지 똑같았다.

똑같이 생긴 집이지만 베르종 씨의 집에서는 아무도 죽지 않고, 아무도 살해되지 않았다. 벼락에 맞는 나무가 있는 한편 간발의 차이로 무사한 나무도 있다. 이건 불운이냐 행운이냐의 문제다.

그렇지만 이 이야기에 우연의 자리는 없었을 것이다.

나는 그렇게 짐작하면서도 여전히 그 말을 입에 담기를 거부했다.

레아가 보였다. 동생은 거실에 난 창문 안에 서 있었다. 우리 집을 보고 있었기 때문에 동생이 무슨 일이 벌어지는지 살피는 중이라고, 경찰들의 일사불란한 움직임과 소방차의 빨간 조명에 현혹되었다고 생각할 수도 있겠지만, 전혀 그렇지 않았다. 나는 그 눈빛을 안다. 그것은 세상을 보지 않는, 내면을 향한 눈빛이었다. 동생은 아무것도 보고 있지 않았고, 내가 다가오는 것도 눈치채지 못했다. 나를 봤다면 알은체를 했을 것이고, 미소를 지었을지도 모른다. 아니다! 동생은 분명 자신이 목격한 장면을 떠올렸고, 엄습한 그 이미지들에 완전히 포위당했다. 창가 가까이 다가가서 본, 공포에 질린 동생의 눈빛을 보고 알았다.

나는 동생을 악몽에서 빼내고, 더 이상 혼자가 아니라는 것을 알려주기 위해 동생 이름을 큰 소리로 불렀다. 나는 동생 곁에 있고, 우리는 같이 시련에 맞설 것이다. 함께라면 이겨낼 일말의 가능성이라도 있을지 모른다. 어쨌든 나는 많은 것이 나와 내 힘, 동생을 사랑하는 내 마음에 달려 있다고 믿었다. 나약하게 굴 수 없었다. 계속 이렇게 주문을 거는 편이 나았고, 그렇게 난 슬픔과 충격, 증오에 잠식되지 않았다. 내게는 더 중요한 게 있었다. 레아가 있었다.

시간이 흐른 후 나는, 동생이 의도하진 않았지만, 너무 슬픈 격정이나 쓰라린 분노로부터 나를 구해주었다는 것을 알게 되었다. 그런 감정은 내게 허용되지 않았다.

나는 다가가 동생을 품에 안았다. 마침내 이 포근함에 기댈 수 있었다. 아니 그러지 않고는 견딜 수 없었는지도 모른다. 레아는 내가 하는 대로 가만히 있어서 나무를 껴안는 것 같았다. 동생은 팔을 늘어뜨리고 나를 마주 안지 않았다. 이 무기력은 적대감이 아니라, 동생에게서 삶이 빠져나갔다는 뜻이었다. 어떤 움직임도, 어떤 감정의 가능성도 없었다. 생기를 잃고 껍데기만 남은 모습에서 동생이 겪은 폭력성의 위력을 짐작할 수 있었다.

나는 베르종 아줌마를 발견했다. 아줌마는 부엌 문에서 적당한 거리를 두고 서 있었고, 경직된 자세로 팔짱을 끼고 눈물을 글썽이고 있었다. 낙담과 무력감을 이보다 더 잘 보여줄 수 있을까? 나는 감사의 표시로 그를 향해 살며시 손을 흔들었다.

나는 베르종 아줌마를 많이 좋아했었다. 우리보다 6개월 먼저 이사해 정착한 베르종 부부는 처음부터 우리 이웃이었다. 우리 남매는 나보다 한 살 많은 큰 아들 프레데릭과, 나보다 한 살 어린 막내 뤼시와 함께 자랐다. 베르종 부인은 우리 가족과 우리 생활을 낱낱이 알고 있었다. 울타리를 사이에 두고 어머니와 담소를 나누거나 요리법을 주고받고, 서로 도와주고, 한 번도 다투지 않았다. 친구는 아니었을 거다. 우정과 우호적인 교류는 별개이니까. 모든 면에서 가깝다는 것만은 분명했다.

베르종 아줌마는 TV로 끔찍한 사건들이 보도되고, 곳곳에 공포가 깃든 세상이지만 자신은 안전하다고 믿어왔다. 아무 일도 일어나지 않을 것이라고 확신했다. 이제 아줌마는 자신이 틀렸고, 예상하지 못한 곳에서 최악의 상황이 벌어질 수 있다는 것을 알게 되었다.

아줌마는 또한 자신이 얼마나 눈이 멀어 있었는지 깨달았다. 넘지 말아야 할 선을 넘어버린 부부의 문제를, 단숨에 살인을 저지른 남자의 광기를 어떻게 못 보고 지나칠 수 있었을까? 베르종 아줌마가 굳이 내게 털어놓지 않아도 공포와 괴로움에 질린 눈빛이 모든 것을 말해주었다.

베르종 아줌마의 표정에 죄책감이 깃들어 있었다.

나는 레아를 더욱 세게 껴안았다.

9

두 시간 후 요청을 받고 법의학 연구소로 갔다.

몽유병자처럼 어떻게 갔는지도 전혀 모르겠고, 동행한 경찰관도 전혀 기억나지 않는다. 나를 맞아준 조섭이란 이름의 남자는 생각난다. 그가 입고 있던 가운 옷깃에 달린 배지에 손으로 적혀 있던 이름이 눈에 띄어 기억에 남아 있다.

그는 무척이나 상냥한 말투로 자신을 따라오라고 했고 나는 무기력과 두려움을 느끼며 그의 말을 따랐다. (그 순간 나는 아무 결정도, 어떤 요구도 하지 않았다.) 우리는 올리 브색 벽이 끝없이 이어진 복도를 따라 걸었고, 조섭은 약간 발을 절었다. 그것이 선천적 장애 때문인지 사고 후유증 때문인지 궁금했고, 이런 사소한 것에 매달려 정신을 잃지 않았던 것 같다. 그는 나를 차가운, 타일이 깔린, 청결하고 네온 조명이 밝혀진 방으로 데려갔다. 옆에서 그가 보관함을 가리켰다. 그 안에 시체를 보관한다는 것을 알았다.

그가 말했다. "시트로 모친을 덮었습니다. 얼굴만 보여드릴 것이며, 모친이 맞는지 확인해주시면 됩니다. 10초도 걸리지 않을 테니 지체하지 마시고, 그저 행정 절차상 필요한 일이라고만 생각해주세요."

나는 그가 매번 똑같은 말을 할 거라고 생각했다. 그의 말처럼 '절차상 필요한 일'이라 여기면 견디기가 덜 힘들 것이다. 그렇지만 나는 그저 절차상 필요한 일로 여길 수 없을 거라 생각했다.

그는 민첩하지만 섬세한 손길로 시트를 들추었다. 얼굴이 보이자마자 시선을 돌렸다. 정말이지 견딜 수 없는 일이었다. 나는 고개를 끄덕였다. 조셉에게는 그것으로 충분했다. 그는 이 같은 침묵에 익숙할 것이다.

보관함이 둔탁한 딸깍 소리를 내며 닫혔다. 너무 순식간에 벌어진 일이라 나중에는 그런 일이 없었다고 생각하게 될 거라고, 어쩌면 너무 희미하고 모호해 잊어버릴 수도 있을 거라고 생각했다. 완전히 미치지 않기 위해 이런 거짓 희망과 억측이 필요했다.

한참 지나서는 이렇게 생각했다. 만약 그날 내가 어머니의 전신과 모든 상해를 보았다면 레아와 대등해졌을지도, 동생 혼자 공포에 떨지 않았을지도 모른다고. 그러면 상황이 달라졌을까?

그렇지만 허용이 된다 한들 나는 어머니의 나신을 보지 않았을 것이다. 그랬다면 어머니의 마지막 남은 프라이버시를 빼앗았다는 느낌을 지우지 못했을 것이다.

10

곧바로 레아를 데려와 함께 헌병대로 갔다.

제네랄드골 대로에 자리한 평평한 지붕의 현대적 별관이 붙어 있는 보르도식 석조 건물 앞에서 몇 번 서성인 일은 있지만, 한 번도 들어가본 적은 없었다. 내내 블랑크포르에 살았지만 기회가 없었다. 대부분의 사람들처럼 나 역시 헌병대에 갈 이유가 딱히 없었기 때문이다.

문을 열고 들어가 조금 당황했는데, 장소가 익숙하면서도 낯설어서였다. 안내 데스크에서 이름을 말하자 근무 중인 젊은 여성이 측은한 눈길로 우릴 보면서 말을 끊었다. "누군지 압니다. 담당 수사관에게 안내할게요." (우리가 본 동정 어린 눈길은 내내 우리를 따라다닐 것이다.)

레아와 나는 안내원을 따라 긴 복도를 걸어갔다. (내게는 오늘 걷는 두 번째 복도인데, 다른 복도가 또 있을까?) 사람들이 열린 문틈으로 우리를 신기한 동물 보듯 힐끔힐끔 훑었다. 나의 착각이거나, 망상일 수도 있지만.

곧바로 피에르 베르디에는 아버지가 행방불명이며, 가능한 한 빨리 아버지를 '찾는' 데 도움이 될 만한 모든 것을, 아주 사소한 것이라도 알아야 한다고 말했다.

어떤 차림이었는지? 부상을 당했나? 폭력을 휘두르면서 내뱉거나 암시한 말이 있었나? 아니면 그 이후에는? 평소 어떤 습관이 있는지? 좋아하는 장소는? 그 밖에 내가 기억하지 못하는 질문들을 퍼부었다.

무슨 일이 벌어졌는지 당연히 상세히 말해야 했다. 또한 소령의 말을 빌리자면 '범죄자의 심리 프로필'을 작성해야 했다.

힘든 시간임을 알고 있었기에 베르디에는 본론에 들어가기 전 레아가 시간을 갖고, 이 공간에 익숙해지도록 기다려주었다. 그러나 동생은 그 장소에 익숙해지려 하지 않았고, 맞은편에 앉은 남자를 뚫어져라 보며 사전 신문에 기계적으로 답할 뿐이었다.

그런 뒤 준비가 됐다고 느낀 동생이 심호흡을 하고 장면을 묘사했다. "저는 제 방에 있었는데, 소리가 났어요. 부모님이 아래층에서 말다툼을 하고 있었죠."

소령은 말을 끊고 나직이 물었다. "무슨 이유인지 알고 있습니까?"

레아는 고개를 저었다. 처음 있는 부부 싸움도 아니었고, 그럴 때면 동생은 귀를 막고 싸움이 끝나기를 기다리곤 했지만, 싸움은 끝나지 않았다. 그때 접시 깨지는 소리가 들렸다.

"더 자세히 말해주십시오." 베르디에가 요구했다.

"접시를 바닥에 던진 것 같았어요." 동생이 대답했다. 그리고 덧붙였다. "당연히 아버지가 그랬다고 생각했어요. 어머니는 절대 접시를 깨지 않으니까요."

"아버지가 어머니를 찬장으로 밀어서 접시가 떨어졌다면요? 그럴 수도 있을까요?" 그가 반박하듯 물었다.

동생은 잘 모르겠지만, 그럴 수도 있다고 말했다. 접시 깨지는 소리를 듣고 2층 자기 방 방문을 열고 나왔지만 '층계참에서는' 부엌에 있는 부모님의 모습이 보이지 않아 '두세 칸 더 내려갔고, 거기서 부모님을 보았다'고 말했다.

그 순간, 레아는 말을 멈추고 딸꾹질을 했다. 딸꾹질은 이내 흐느낌으로 바뀌었고, 동생은 가쁜 숨을 쉬었다. 베르디에는 "시간은 충분하다"고 말했다. 우리 셋 다 거짓말이라는 걸 알고 있었지만 동생은 물에 빠진 사람이 지푸라기를 움켜잡듯 그 말에 매달렸다.

나는 동생에게서 눈을 떼지 않았다. 산만한 사무실, 벽에 걸린 게시물, 관공서의 허술함에는 눈길도 주지 않았다. 동생을 지지하는 나만의 방식이기도 했고, 진실을 알아가는 중이었기 때문이었고(베르종 부인 집에서는 동생과 그런 이야기를 할 힘이 없었다. 나는 너무 이르다고 줄곧 스스로 되뇌었다. 레아를 보호하는 척했지만, 내가 보호하고 있던 것은 물론 나 자신이었다), 진실을 감당하려면 최소한의 단호한 조치가 필요했다.

레아는 다시 입을 뗐다. "아버지가 찌르는 걸 봤어요. 그런데 이상하게 소리도 들렸어요. 엄마의 비명 소리가 아니라, 칼로 찌르는 소리요. 그런 소리가 나는 줄은 몰랐어요."

나는 소령과 눈이 마주쳤다. 동생보다 나를 더 염려하는 눈빛이었다.

동생이 말을 이었다. "많이 찔렀어요. 아주 많이."

열일곱 번. 부검 보고서에 정확한 숫자가 적혀 있었다. 소령은 이미 알고 있었고 나는 알지 못했던 사실.

나는 벌떡 일어나, 구역질이 나와 벽으로 돌진해 아까 보았던 쓰레기통 위로 몸을 웅크렸지만 헐떡거림과 꺽꺽대는 소리, 동물의 울음소리 외에는 아무것도 나오지 않았다.

곧이어 베르디에가 자리에서 일어나 다가왔다. "미안하지만, 계속 진행해야 합니다. 괜찮겠어요?"

나는 고개를 끄덕이고 자리로 돌아와 앉았다. 레아는 창백하고 차분했다.

11

머리가 핑핑 돌았다. 더 많이, 모두 다 알고 싶은 마음이 들고 그럴 필요성을 느꼈지만 동시에 진실로 인해 갈기갈기 찢길까 두려웠다.

레아에게 상황은 더 단순해 보였다. 동생은 질문을 받으면 답했고, 증인이 되었고, 사실을 말했다. 물론 겉모습은 눈속임이었다. 동생의 머릿속에서 몰아치는 폭풍을 쉬이 짐작할 수 있었고, 동생을 옭아매는 트라우마를 알고 있었다. 그러나 동생은 나보다 침착하고 정확했으며 결의에 찬 듯한 착각을 불러일으켰다. 나는 감탄했다.

한편으로는 걱정도 되었다. 나는 속으로 생각했다. 동생은 감내하고 버티고 기대에 부응하려고 초인적인 노력을 쏟고 있지만, 결국에는 무너질 것이다, 정말로 무너질 것이다. 그보다 훨씬 끔찍한 일이 일어나지 않으리라고 누가 단언할 수 있을까?

내가 확신하는 단 한 가지는 우리가 씻을 수 없는 상처를 입었다는 것이다. 그 상처의 깊이는 아직 가늠할 수 없다.

그동안 우리는 계속 피에르 베르디에의 요청에 따라야 할 것이다.

"뭐라고 말했죠? 아버지가… 그걸 하는 동안에? 그 후에는? 이런 질문을 하는 제 마음도 편하지 않습니다. 이해해주십시오. 아버지가 흥분한 나머지 자기도 모르게 도주에 관한 단서를 흘리지는 않았는지 알아보려는 겁니다."

레아는 끔찍한 질문에 또다시 숨이 가빠졌지만, 기억을 더듬었다. 수사를 돕기 위해 집중했다.

"소리를 질렀는데 뭐라고 했는지는 모르겠어요. 제가 볼 수 있었던 건 찌르는 모습과 엄마가 팔로 막아보려던 모습뿐이었어요. 엄마는 쓰러지면서 그만하라고 애원했어요. 말들이 마구 뒤섞였어요."

"정말 기억이 안 납니까?"

"욕이었던 것 같아요. 아, 그리고 비난했어요. 자기를 끝까지 몰아붙인 건 바로 엄마라고, 전부 엄마 탓이라고요."

"그다음에는요?"

"그다음요? 아버지가 나를 봤어요."

"그리고?"

"내가 한 번도 본 적 없는 눈빛이었어요… 칼을 계속 손에 든 채로…."

"당신을 위협했습니까? 다가오진 않았습니까?"

"아뇨, 몇 초 동안 나를 가만히 보다가 도망쳤어요. 칼을 놓지 않고요."

"다른 사람을 죽이기 위해서라고 생각하나요?"

"아니요. 그 일은 끝났고 아버지는… 피곤해 보였어요."

"피곤해 보였다고요?"

"아버지는 아주 오랫동안 달린 사람처럼 숨을 거칠게 내쉬었어요…."

"그렇지만 칼을 버리지도, 치우지도 않았죠…."

"제 생각에 아버지는 더는 칼을 보지도, 느끼지도 못한 것 같아요. 그저 칼을 쥐고 있던 손을 펴지 않았을 뿐. 그냥 느낌일 뿐이지만, 제가 틀린 것 같지 않아요."

이상하게도 동생이 하는 말이 와닿았다. 사건을 목격하지 않았기에 동생의 말을 뒷받침할 수는 없었지만, 동생의 직감이 맞는 것 같았다. 나는 범행을 저지르고 지쳐버린 살인자의 모습을 떠올렸고, 어머니만이 그의 유일한 희생자이고, 유일한 표적이고, 유일한 원한의 대상이었으며, 유일한 증오의 수신자이고, 유일한 폭발의 원인이고, 유일한 화풀이였으며, 아무리 그가 자포자기 상태라 해도, 최후의 발악이라 해도 다른 순교자는 없을 것이라는 확신이 들었다.

"레아 양, 아직 물어볼 게 있는데…"

그 말이 또다시 조용한 폭발을 일으켰다.

"당신이 들은 것과 본 것, 느낀 것으로 미루어볼 때 아버지가 어머니를 죽이려고 집에 온 것 같습니까, 아니면 싸우다가 그런 행동을 하게 된 것 같습니까?"

"그게 무슨 차이가 있나요?"

"암살자와 살인자의 차이죠."

처음에 동생은 대답하지 않았다. 그리고 나서 도움을 구하듯 천천히 고개를 돌려 나를 보았다. 그리고 나는 이해했다. 나를 빤히 쳐다보는 눈빛에서 동생이 내게 소리 없이 말하고 있다는 것을 알았다. '그럴 줄 알았잖아, 안 그래? 그런

일이 일어날 수 있다고 생각했잖아?' 나는 대답 대신 고개를
숙였다.

　동생이 대답했다. "모르겠어요"

12

헌병대가 아버지를 찾고 있었다. 지원부대가 보르도에서
도착했다. 증인 소환이 시작됐다. 현장에 나간 텔레비전 방
송국들은 아버지에게 자수를 권하는 방송을 내보냈다. 필요
하면 수색팀이 빠르게 꾸려질 것이다.

피에르 베르디에는 자신이 해야 하는 신문, 이제 막 배정
된 판사에게 제출할 자료, 법원에 전달할 보고서에 집중했
다. 그래서 질문을 계속했다.

그가 처음으로 나에게 물었다.

"두 사람… 그러니까 부모님에 대해 말해주겠어요?"

나는 곧바로 내가 무방비 상태임을 깨달았다. 그때까지
내게는 발언권이 없었기에 방관자적 입장에서 벗어나게 되

리라고는 생각해보지 않았다. 게다가 나는 부모님에 대해 이야기해본 적이 없다. 세세한 이야기를, 그들의 관계를 말해본 적이 없다는 뜻이다. 물론 친구들에게 부모님의 직업이나, 사는 도시, 나이를 말한 적은 있지만, 그게 전부였다. 구체적이고 객관적이고 확실한 것들, 내가 어떤 판단을 하거나, 편을 들거나, 폭로할 필요가 없는 것들이었다. 그러나 수사관이 내게 요구한 이야기는 내밀한 것이었다. 자기 성찰이 필요했고, 미리 준비하고 사전에 생각해두었더라면 도움이 되었을 이야기였다. 그 정도가 적절했다. 그럼에도 나는 수사관의 요구에 부응하기 위해 애썼다. 그러나 계속해서 일반적인 이야기나, 인상을 이야기하는 데 그쳤고, 주저하다 곧잘 말을 멈추었으며, 많은 요소와 퍼즐 조각이 부족하다는 것을 인정할 수밖에 없었다. 부모님의 지인을 만나 질문을 하고 이야기를 들으며 몇 달, 몇 년을 보낸 지금 이야기를 한다면 그때와는 완전히 다를 것이다.

나는 바로 그 이야기를 하려고 한다. 지금부터 하게 될 이야기는 당시에 내뱉은 변변치 않은 파편적인 이야기들보다 더 타당할 것이다.

그래서 이번에는 어머니가 핵심이므로 어머니로 시작된

다. (소령 앞에서는 그에 관한 이야기부터 했다. 그들이 찾는 사람이니 당연하다고 할 수 있겠지만, 나는 소령의 말을 따르지도, 차근차근 말하지도 말았어야 했다. 나는 마땅히 어머니 이야기부터 했어야 했다.)

세실 모랑. 1970년대 중반 출생. 나팔바지며 머리에 단꽃, 평화와 사랑, 자연으로의 회귀, 페미니스트 투쟁, 노동자 투쟁, 코르티솔 호르몬 치료 때문에 퉁퉁 부은 퐁피두 대통령 같은 그 시절 이미지부터 떠오른다면 단단히 착각한 것이다. 물론 그런 시절이었지만, 당시 주민 7천 명이 살던 지롱드*의 블랑크포르는 그렇지 않았다. 우선 세실 모랑은 담뱃가게 딸이었다. 그것은 그녀를 정의하기에 충분했고, 그녀를 단적으로 나타냈으며, 그녀의 세계를 축소시켰다.

외동딸. 네 번의 유산으로 여름이 지나고 얇은 옷을 옷장에 정리하듯 모든 희망을 접고 체념한 뒤 기적처럼 찾아온 아이. 그래서 사랑받는 아이. 금이야 옥이야 키웠지만 떠받들지는 않았는데, 나의 외가는 그런 집이 아니었고, 돈을 흥청망청 쓰지 않았으며, 물건의 가치를 모르고 품위 없고 건방진 여자아이를 원치 않았기 때문이었다. 학위도 없고, 우

---

* 프랑스 남서부에 위치한 주. 서쪽으로 대서양에 면한 긴 해안선이 있으며 보르도와 아키텐 지역의 중심이다.

수한 성적을 받는 방법도 모르고, 욕심도 없는 부모를 둔 평범한 아이. 집 근처 오두막에서 친구들과 어울렸고, 이웃과 잘 지냈고, 아침저녁으로 인사를 건넸고, 간간이 서로 초대할 줄 알았던 사교적인 아이. 어린 시절 넓은 공간을 원하지 않았고, 풍족하지 않았고, 1년에 2주만 문을 닫던 가게의 정적인 아이. 그래도 방학 때는 피레네 지방으로 방학 캠프를 갔고, 스페인에 머물렀고, 청소년기에 런던을 짧게 여행했지만, 그게 전부였다. 누군가는 초라한 삶이라고 흠잡을 수 있겠지만, 어머니는 그렇게 세상을 보지 않았다. 그러다가 어머니가 열여덟 살이었을 때 외할머니가 느닷없이 암을 진단받고 한 달이 채 못 되어 사망하면서 미약한 가능성마저 사라졌다. 예고 없이 찾아온 슬픔에 빠져있을 새도 없었지만, 외가는 그런 집이 아닌 데다 생계를 꾸려야 했기에 외할아버지는 어머니에게 물었다. "엄마 대신 가게에서 일할래? 나랑 같이 일하러 갈래? 신문과 담배와 로또를 팔고 카운터를 보는 건 천한 일이 아니라 소통하는 일이고, 사라질 위험이 없는 일이야. 대학 입학도 좋지만 그걸 어디에 쓰겠니?"

어머니는 할아버지 말을 거역할 수 없어서, 더욱이 막 홀아비가 된 아버지 말을 거역할 수 없어서 알았다고 말했다. 담뱃가게 딸에서 담뱃가게 직원이 된 것이다. 그것은 어머니가 죽는 순간까지 변치 않았다.

어머니를 열여덟 살 때 알았던 사람들은 어머니를 '늘씬한 아가씨'로 기억했다. 외가 친지들과 삼촌들 그리고 할아버지가 그렇게 말했다. 그 연령대 남자들은 어머니를 '엄청난 미인'으로 기억하는 경향이 있었고, 어떤 사람들은 어머니의 긴 갈색 머리와 왼쪽 눈 아래의 점이 '무척 매력적이었다'고 회상했다. 당시 어머니의 여자 친구들은 어머니가 '재미있고, 활기차고, 잘난 척하지 않고, 힘들 때마다 항상 곁에 있어주는 사람'이었다고 분명히 말했다. 나는 어머니가 토요일 저녁에 보르도의 한 클럽에 춤추러 가는 것을 좋아했다는 걸 알게 되었다. (이름을 들었는데 잊었다. 클럽은 문을 닫았다.) 어머니는 가게가 문 닫는 일요일 오후에 아르카숑 해변을 산책하는 것을 좋아했다. 주위에서 어머니가 로맨스 소설을 읽는다고 놀렸지만 신경 쓰지 않았다. 어머니는 데이트 신청을 받기도 하고 가벼운 연애도 했지만, 진지한 교제를 하거나 지속적인 관계를 맺지는 않고 그럭저럭 만족하며 살았다. 그러던 어느 날, 길을 가다 프랑크 말지외와 마주쳤다. 나의 아버지였다.

13

내 기억에 그는 어린 시절 이야기를 거의 하지 않았고, 이야기를 할 때면 신랄함을 숨기지 못했다. 그 사건들을 겪은 뒤 유일하게 나와 대화를 나눌 수 있었던 뮈리엘 고모는 이렇게 말했다. "아주 어렸을 때 부모님이 갈라서서 네 아버지가 정말 혼란스러워했어. 내색은 않았지만 그 애를 너무 잘 아는 내 눈에는 보였지. 프랑크는 부모님이 왜 헤어졌는지 이해를 못 했단다. 헤어진 이유야 간단했지. 부부가 서로 안 맞아서 노상 싸웠는데, 아버지는 고향인 로렌으로 돌아가기만을 바랐고, 이혼하자마자 바로 그렇게 했거든. 그래서 네가 할아버지를 한 번도 못 만난 거란다. 종적을 감췄거든. 할머니가 네 아버지와, 삼촌, 그리고 나를 홀로 키웠어.

내 생각에 프랑크는 부모님이 같이 살아보려고 노력하지 않고 헤어졌다며 두 사람 모두를 원망했던 것 같아. 마음을 닫은 게지. 거칠어졌어. 할머니에게도, 우리 남매에게도 거칠게 대했지. 고통을 대할 때도 마찬가지였어. 럭비를 하다가 부상을 입었을 때나 오토바이 사고를 당했을 때, 피를 흘리면서도 아무렇지 않은 척 행동했어. 모범생도 아니었지. 학교에 관심이 없었어. 숙제를 늦게 내고, 예의도 없고, 공부도 안 했지. 심지어 대입 시험을 치르지도 않았어. 샤토에서 와인 관련 일을 하는 게 꿈이라고 했는데, 그런 직업을 갖는 데 공부는 쓸모없다고, 현장에서 배우고 햇빛에서 자리를 잡을 수 있다고 했었지. '햇빛에서 자리를 잡는다'는 말은 프랑크가 만든 말이야. 열일고여덟 살 때쯤 포도 농장에서 일자리를 구하려고 애썼지만 소용없었어. 잘리거나 제 발로 나왔거든. 그나마 오토바이를 타는 걸 유일하게 좋아했단다. 할머니가 사준 오토바이를 타고 다니며 시간을 보냈지. 그러다 네 엄마를 만난 거야. 어느 날 저녁, 보르도의 한 클럽 앞이었어. 네 엄마는 친구들과, 내 동생은 오토바이를 타고 동시에 도착했어. 프랑크는 네 엄마를 눈여겨보았고, 오토바이에 앉아 관심을 끌어보려고 허풍을 떨었고, 네 엄마는 그 모습을 보고 웃었지. 그렇게 된 거란다. 요즘처럼 데이트

앱이 없던 시절이니 둘은 현실 세계에서 우연히 만난 거야. 이렇게 끝날 줄 알았더라면⋯."

고모의 말을 들으면서 고모가 한 거의 모든 말이 낯설다는 것을 깨달았다. 고모가 한 이야기에 기밀이나 비밀은 전혀 없었는데 말이다. 사실 우리는 우리 부모가 부모이기 전에 어떤 사람이었는지 좀처럼 알려 하지 않는다. 물론 정보는 있다. 부모의 배경에 대해 대략적으로 알고, 보통은 조부모와도 만나기에 부모의 부모가 무슨 일을 했는지도 알고, 어떤 삶의 경로를 거쳤는지에 대해서도 단서를 갖고 있지만, 대체로 그 이상 알려고 하지는 않는다. 마치 우리와 무관한 듯, 그들이 지나온 길은 그저 그들만의 것인 듯, 관심 없다는 듯 말이다. 어리거나 사춘기의 아이들에게 타인의 과거는 지루하기 짝이 없다. 궁금해서 물어보는 사람도 있겠지만, 내 경우는 아니었다. 나는 그들의 젊은 시절에 대해 단한 번도 물어본 적이 없다. 우리는 수줍어했고, 감정에 관해 침묵하라고 배웠기 때문에, 속마음을 고백하거나 털어놓으려 하지 않았던 것 같다. 그래서 가정 파탄으로 상처입고 분노한 아이의 모습을 그에게서 발견하고 조금 놀랐다. 나는 그가 학교에서 모범생이 아니었다는 것을 알았지만 그 이유는 생각해본 적이 없었다. 허세를 부리고 환심을 사려고 애쓰는 스무 살 아버지의 모습이 혼란스럽기도 했다. 내게 아버지는 쉽게 짜증 내고 신경질을 부리는, 너무 일찍 나이 든 존재였다. 추파를 던지는 혈기왕성한 모습은 그답지 않았다. 그러나 놀랄 일이 아니었을지도 모르겠다. 조바심, 불만, 격분. 그는 모든 걸 이미 갖고 있었고 그 모든 게 자리 잡고 있었다.

14

부모님의 물건과 옷가지, 서류 들을 정리하며 목록을 만들다 오래된 사진들을 발견했다. 테이프로 붙였거나 앨범에 끼워둔 사진들도 있었고, 신발 상자에 뒤죽박죽 넣어둔 사진들도 있었다. 가장 최근 사진은 근 10년 전에 찍힌 것이었다. 이제는 휴대전화에 삶의 모습을 저장하는 시대이니 당연하다고 생각했다. 그런데 마지막으로 앨범을 넘겨보거나 사진을 꺼내본 게 언제였을지 궁금했다. 어머니는 이따금 향수에 젖어 행복했던 때, 현재보다 행복했던 시절로 돌아가고 싶다고 생각했을까, 아니면 그 시절은 완전히 끝났다 여기고 다시는 돌아보지 않았을까. 어떤 가설이 더 나은 건지 모르겠다.

아버지와 어머니가 그저 프랑크와 세실이던 시절, 함께 포토부스에서 찍은 즉석사진 넉 장이 시선을 붙잡았다. 만난 지 얼마 안 되어 별 생각 없이 포토부스에 들어갔을 거라고 쉽게 짐작할 수 있었다. 연달아 찍힌 20대 남녀의 샐쭉한 얼굴에서 시작하는 이들의 천진함과 서로 붙어 있고 싶고, 같이 있는 모습을 보여주고 싶고, 사랑으로 살짝 바보가 되어 장난을 치고 싶은 마음이 묻어났다.

그래서 그들은 둘 다 아름다웠다.

특히 어머니가 그랬다. 양 볼을 덮은 머리카락과 밝은 눈, 벌어진 앞니, 얼마 전 상을 당했음에도 여전한 천진난만함, 그리고 갑자기 어른이 되어야 한다는 책임감까지. 사진을 찍는 순간 어머니는 목이 말라 사과를 한입 베어 물 듯, 자신에게 주어진, 그러나 누군가에게 빼앗긴 청춘의 일부를 깨문 것 같은 얼굴이었다.

나의 아버지도 그랬다. 흔들림 없는 시선과 금발 머리, 사각턱. 어딘지 모르게 미국인이나 독일인 같은 느낌을 풍겼다. 호감을 살 것 같은 모습이었다. 어쨌든 평범한 체격은 아니었다. 그리고 티셔츠 너머로 건장한 어깨와 근육질 몸이 보였다.

그것이 그들이 만난 날 밤, 어머니가 맨 처음 본 것이었을까? 건장한 어깨? 금발? 남자다운 늠름한 모습? 그게 어머니의 마음을 샀을까? 아니면 오토바이가? 그토록 조심성 있는 어머니가 그런 남자를 원했을까? 그랬을 거라고 믿을 수밖에. 어머니는 미소 지었고, 같이 클럽에 가는 데 동의했고, 한잔하자는 제안에 응했고, 함께 춤을 추었으니까. 고모는 이렇게 말했다. "프랑크는 춤을 출 줄 몰랐지. 하지만 몸짓이 자연스러워서 춤추는 것처럼 보였을 거야." 어머니가 그런 눈속임에 넘어간 걸까?

나는 어머니를 평가하려는 게 아니다. 어머니는 유혹에 넘어갈 권리가 있었고, 그 나이에 낯선 사람과 어울리는 것은 대수롭지 않은 일이었고, 그런 일은 지금도 일어나며 옛날부터 있어왔다. 아니, 나는 이해하려고 노력하는 중이다. 그게 전부다. 어머니가 어떻게 아버지에게 다가갔는지, 어쩌다 둘이 만나게 되었는지 이해하려고 노력하는 중이다. 사실, 어머니의 성향과 자유에 있어서 나는 모르는 것투성이다.

바로 그다음, 나는 만남의 우연과 던져진 주사위의 운명에 대해 생각해본다. 그날 저녁 어머니가 외출하지 않았다면… 그날 밤 아버지의 눈에 다른 사람이 들어왔다면…. 어리석은 가정이다. 하지만 어떻게 그런 생각을 하지 않을 수 있을까?

　사진의 날짜는 1990년대 중반이다. 즉 유고슬라비아 전쟁과 르완다의 투치족 대량 학살, 리우 지구 정상회담에서 이미 물거품이 된 희망, GMO, 에이즈, 커트 코베인의 자살, 부동산 폭락, 고베 대지진, 항암치료로 못 알아보게 된 미테랑 전 대통령, 그리고 뭔지 모를 일들이 벌어진 시기이다. 블랑크포르의 사람들도 알고 있었다. 그 빌어먹을 시대가 폭력적이고 불길하고 우울하며 죽음과 황폐로 지독한 냄새를 풍긴다는 것을. 고작 스무 살에 세상일에 관심이 없는 사람들 역시 그런 침울한 분위기에 휩싸인다. 그래서 길가에 설치된 포토부스로 몰려갔고, 아랑곳하지 않고 즐겁게 지낼 수 있다는 듯 플래시가 터지면 함박웃음을 짓는다. 나는 '행복하게'가 아니라 '즐겁게'라고 말했다.

15

여기서부터 여러 가지 방식으로 이야기를 전개할 수 있다. 최소한 두 가지 이상이 가능하다.

첫 번째는 로맨틱한 방식이다. 그들은 서로 사랑한다. 그렇게 믿는 나이이고, 서로의 몸이 만났고, 느긋함에 젖어 지냈기 때문이다. 휴대전화가 없던 시절이라 반드시 약속을 정해야 하고, 휴대전화로 통화 혹은 영상통화를 하지 않고 시간을 보내야 하고, 융통성이 있어야 하고, 인내심과 창의력을 발휘해야 한다. 둘은 술집이나 클럽, 친구 집에서 만나거나, 메독 교외나 가론 강변으로 오토바이를 타고 드라이브를 나간다. 그는 그녀에게 모험과 여행, 이민에 대해 이야기하며("퀘벡 어때? 다들 엄청 좋대!") 우발적인 사건들이 배제된 밝은 미래를 비친다. 그녀는 할아버지를 계속 돕겠다고 했던 약속을 기억하고, 돈이 나무에서 열리지 않는다는 것도 알지만, 아름다운 탈출을 믿고 싶었다. 프랑크는 활력과 매력이 넘쳤다. 야망도 넘쳤다.

두 번째는 철저히 냉철한 방식이다. 그들은 잠시 호감을 느끼지만, 지나가는 감정이거나, 예년보다 긴 봄처럼 예상보다 조금 더 길게 만났을 뿐이다. 그는 약속을 늘어놓지만, 말뿐이다. 그는 약간 허세가 있고, 소일거리를 전전하는 걸로 만족하기 때문이다. 삶은 어김없이 두 사람에게 (화려하지 않은) 현실을 일깨울 것이다. 그녀는 그의 가족을 만나고 그의 결점들을 조금 더 잘 이해하게 된다. 그녀는 울컥한다. 막연히 걱정도 한다. 이러한 불안정한 상황들 때문에 그는 그토록 사랑을 갈구하는 걸까? 그러던 어느 날, 그녀는 임신 사실을 알게 된다. 그들은 방심했었다.

첫 번째 이야기에서 그는 예상치 못한 임신 소식에 감격한다. 기대한 건 아니었지만 기쁘다. 아이의 탄생이야말로 최고의 모험이 아닐까? 어디든 아기를 데려갈 수 있고, 아기는 그들의 여행을 방해하지 않을 것이다. 그녀는 당황한다. 어쩔 줄 모른다. 어머니를 여의고 의도치 않게 엄마가 된다는 게 모진 운명에 맞서 승리를 거둔 것 같기도 하다. 그녀는 임신이 신호이자 축복이라고 생각한다. 그래, 안 될 게 뭐야?

두 번째 이야기에서 그는 임신으로 그들이 함께 지낼 거라는 사실에 안심한다. 그녀와 헤어지지 않아도 되고 무엇보다 그녀가 떠나지 않기를 바라기 때문이다. 그녀는 스스로 엄마가 될 준비가 안 되었다고, 아이를 지우는 게 낫다고, 임신중절이 가장 합리적인 해결책이라고 생각한다. 아이는 나중에, 심지어 더 나은 사람과 가질 수 있다고 생각하지만, 할아버지는 아이를 거부해서는 안 된다고, 여러 번 유산한 할머니를 떠올리며 행운은 딱 한 번만 찾아올 수 있다고, 임신중절 수술이 평생 상처를 남길지 모른다고 말한다. 그녀는 감히 아버지의 뜻에 거역할 수 없다. 때때로 우리 삶의 궤적은 타인에 의해 결정된다.

첫 번째 이야기에서 그는 뿌듯해하고, 배가 부풀어 오른 미래의 아내는 아름답다고, 나는 내 아버지보다 잘할 수 있다고, 아들을 키워 상처 입은 어린 시절에 설욕할 거라고, 책임감 있다는 게 무엇인지 보여주겠다고 생각한다.

두 번째 이야기에서 그는 가족을 부양할 조건을 만들고 안정적인 직업을 구할 필요가 있다고 생각한다. '당분간'일 뿐이라고 단언하지만, 그가 꿈꾸던 이민과 밝은 미래는 완전히 끝났다. 그는 포드 공장에 취직한다. 그녀는? 그녀는 그저 끌려간다. 이제 모든 가능성이 영영 사라진다. 길이 정해졌다. 다행히 자신이 아이를 결국 사랑하게 될 거라고 확신한다.

칼부림이 있던 날, 나는 피에르 베르디에에게 그저 이렇게 말했던 것 같다. "그들은 젊어서 결혼했습니다. 어머니는 나를 임신하고 계셨죠."

그때는 그것이 내가 그들의 젊은 시절에 대해 알고 있는 전부였다.

소령은 눈도 깜빡이지 않았다. 나는 그가 내 말에 별 관심이 없다는 것을, 내 이야기가 너무 과거의 것이며, 조사에 아무 도움이 되지 않는다는 것을 깨달았다. 당시에 나는 소령을 원망하지 않았다. 그날 이후 나는 표면에서 벌어지는 일을 이해하기 위해 깊이 파고들어야 한다는 것을 배웠다. 겉으로 드러난 것보다 보이지 않는 것이 더 많은 정보를 담고 있다는 것도 알게 되었다. 그리고 기억의 조각들은 다른 기억들과 이어지거나 서로 연결될 때 비로소 단서가 된다는 것을 알게 되었다.

16

전화가 울렸다. 누군가 베르디에게 범인 추적에 관한 소식을 전했다. "확실한 게 아무것도 없군." 그가 전화를 끊으면서 잘라 말했다. 그렇다고 패배를 인정하지는 않았다. "그의 휴대전화와 은행 카드를 추적 중이니 그가 조금이라도 헛발질을 하면 찾아낼 겁니다. 탈주자들은 경황이 없어서 발을 헛디디는 법이죠." 나는 그 말에 반신반의하는 표정을 지었고, 그는 못 본 척 지나쳤다. "그의 행동으로 미루어볼 때 통제 불가능한 상태에 있다는 걸 알 수 있죠." 일리 있는 말이었다. 그는 기회를 놓치지 않고 곧바로 물었다. "그런데, 아버지가 화를 잘 내는 성격이라고 하셨죠?"

그랬다. 내 최초의 기억에서 그는 이미 화를 내고 있다.

그는 모든 일에 화를 냈고 아무것도 아닌 일로 화를 냈다. 마음대로 되지 않는다고 폭발해서 집기들을 내던졌다. 망치며 리모컨이며 잡히는 대로 화풀이를 했다. 사소한 일이나 뉴스에 보도된 사건을 두고 대화하다가 벌컥 화를 내기도 했다. 그는 온갖 욕을 퍼붓고 몇 주 동안 연락을 끊었다가 매번 화해를 하는데, 그만의 기묘한 매력으로 관계를 유지하고 특유의 말솜씨로 인상을 남기곤 했다. 그런 그를 가장 화나게 한 것은— 적어도 처음에는— 일이었다. 그는 자동차 공장 노동자 신세에 만족하지 못했다. 그래서 근로 조건이며 작업 속도, 급여, 만만한 팀장뿐만 아니라 대자본, 부자 편인 정부, 자신은 힘들게 일하는 동안 보조금을 받으며 사는 게으른 사람들, 조립 라인에 점점 늘어나는 외국인에게도 비난의 화살을 돌렸다. 모든 게 화를 내고 폭언을 하기 위한 구실이었다. 자신이 낙오되고, 멸시받고, 형편이 안 좋아지는 것을 이해하지 못했다. 자기 잘못이 아니니 남 탓만 했다. 그랬다, 내가 기억하는 한 아버지는 좌절하고 분노하며 비난하는 사람이었다.

나는 한발 물러나 그의 좌절감을 명확히 살펴보기로 했

다. 모든 좌절감이 이유가 없지는 않았다.

우선 블랑크포르는 대도시를 선망하는 이들에게는 너무나 좁은 외곽 도시였고, 도심에 살기를 꿈꾸는 이들에게는 실망스러운 곳이었다. 대대적인 정비사업으로 강둑과 강을 복원해 근사해진 보르도만 됐어도 좋았겠지만, 블랑크포르는 보르도의 골든 트라이앵글*, 보르도 부르주아지, 보르도 금빛 석재가 아닌, 부자 동네에서 멀찍이 떨어진 변두리에 있었다.

와인을 재배하는 샤토를 방문할 여유조차 없으며, 평범한 생활을 위한 작은 빌라, 주택 단지, 일터인 거대한 산업 지대가 블랑크포르의 전부라는 것이야말로 가장 비극적이었다. 사람들은 그곳이 살기 좋고 꽃이 만발한 도시라고 내세웠지만, 그는 도무지 공감하지 못했다. 사람들은 중세의 요새 앞에서 황홀해했지만, 그에게는 또 다른 감옥일 뿐이었다.

그리고 포드 공장. 포드 공장은 아키텐 지역에서 가장 규모가 큰 공장으로, 일자리를 제공하는 보배이자 현대적인 성지라는 둥 온갖 수식어가 따라다녔다. 그러나 그곳은 작

---

* 보르도 중심가의 부자 동네를 이르는 별칭.

업복과 프롤레타리아, 출근 체크기, 작업 속도, 월급이 모두 변변찮은 공장일 뿐이었다. 아버지는 아직 젊었기에 승진을 기대할 수 있었지만, 그러려면 야심과 욕심이 있어야 했고, 한결같은 모습을 보여야 했는데, 짐작하듯 그는 정반대에 가까웠다.

그리고 아이. 처음에 감탄을 자아내던 아이는 나중에는 울고, 밤새도록 잠도 자지 않고, 음식을 주면 여기저기 흘려서 쫓아다니며 닦아야 하고, 크면서 여기저기 들쑤시고 다니고, 지나치게 활동적이고, 호기심은 많지만 소심해서 엄마 치맛자락에 매달려 있었다. 그가 그리던 모습과 달랐다. 그런데 그는 스스로 아버지가 되는 모습을 상상이나 해보았을까? 아버지가 무얼 의미하는지 고민은 해보았을까?

분명한 사실은 그가 사사건건, 아무것도 아닌 일로 폭발했다는 것이다.

이렇게 쓰는 게 그 사람을 위한 변명거리를 찾는 것으로 보이지 않기를 바란다. 그에게는 변명의 여지가 없다, 그 어떤 변명도. 나는 어떤 설명을 찾았던 것 같다. 때때로 그것은 질식하지 않기 위해 우리가 할 수 있는 유일한 방법이다.

17

어머니는 오랫동안 그를 위해 변명거리를 만들었다.

그의 성미가 원래 그렇다고, 사람을 대할 때 '온전히 받아들이거나 전부 거부하거나 둘 중 하나'인 법이니 맘에 드는 점만 받아들일 수는 없는 거라고 어머니는 말했다. 그의 패기와 매력, 약간의 허풍기를 좋아한다면 그의 짜증과 폭발도 받아들여야 한다는 이야기였다.

'프랑크는 미적지근하지 않았어'라고 어머니는 되뇌었다(비판을 잠재우려고 지나가듯 말했다). 미적지근하지 않다. 그래서 어머니가 그런 점을 좋아하는 것처럼 보였다. 적어도 처음에는 그랬다. 어머니의 너무 소심한 성격과 너무 단조로운 삶, 때로는 너무 무거운 슬픔을 보완하려고 그가

온 것처럼. 어머니는 한마디로 "서로 균형이 맞아"라고 말
했다.

그런 것도 있었던 것 같다. 사람들은 대개 극과 극이 만나
면 오래간다고 확신한다. 두 사람의 관계는 20년간 지속되
었다. 말 그대로 죽을 때까지 이어진 것이다.

그러나 노발대발하는 그를 진정시키기가 점점 더 힘들어
졌다. 어머니의 말을 빌리자면, "쉽게 폭발하고", 폭발하는
주기가 점점 더 짧아졌으며 그 강도도 점차 세졌다는 것을
인정해야 했다. 남편의 신경이 곤두서 뚜껑이 열릴 것 같으
면 어머니는 시간을 끌었고, 수년에 걸쳐 개발한 여러 전술
을 능수능란하게 사용했다.

그중에서도 화제 전환 전술은 어딘가 갑작스럽고 티가 났
지만 이상하게도 가장 효과적이었는데, 화를 잠재우려는
어머니의 의도를 그가 파악해서가 아니라, 슬픔을 달래려
고 흔드는 딸랑이에 반응하는 아이처럼 그가 관심사를 다른
데로 돌렸기 때문이었다.

어머니는 처음에는 약간만 목소리를 낮추다가 나중에 완
전히 낮춰서 그가 마지못해 따르게 만들었고, 놀랍게도 그
는 주문에 걸린 듯 어머니의 장단에 맞추었다.

어머니는 농담을 잘 못해서 과감하게 농담을 던지는 일이

드물었다. 그러나 상황이 너무나 급박할 때는 즉석에서 예상치 못한 유머를 발휘해 농담을 던졌다. 그러면 곧바로 열기가 잠잠해지고 그는 태세를 전환했다.

포옹은 최후의 수단이기에 남용할 수 없었고, 그가 어머니가 껴안는 것을 동정심이나 어린아이 취급으로 여기지 않는 게 중요했다. 그 방법은 심하게 동요할 때만 사용되었다. 적어도 몸의 떨림을 조금씩 잠재울 수는 있었다.

대개 어머니는 상황이 나아질 거라 안심시키며 진정시키는 말을 하곤 했다. 어떻게 나아질지 몰랐지만, 나아질 것이라고 말하기만 해도 갈라진 틈새로 빛이 새어 들었고, 어머니는 거짓말을 할 줄 모르기에 우리는 필연적으로 그 말을 믿었다. 어머니는 어려서 끔찍한 시련을 극복했고, 그 경험 덕에 어머니의 말은 신빙성이 있어 보였다.

어머니는 때때로 밝은 미래를 꾸며내거나 이민 이야기를 다시 꺼내는 등 무리해서 말을 만들어냈다. 그렇게 다른 곳으로, 모험으로 아버지의 주의를 돌렸다. 그러면 그는 꿈꾸듯 미소 짓기 시작했다. 그때 지었던 아버지의 미소를 기억한다. '이제 됐어, 위기는 끝났어, 아무 일 없이 빠져나올 수 있었어'라고 안심시키는 미소였다. 아름다운 미소였다. 괴물이 아름답게 미소 짓지 말란 법은 없다.

이 모든 이야기도 소령의 사무실에서 처음 면담할 때는 하지 않았다. 그가 "아버지가 화를 잘 내는 성격이라고 하셨죠?"라고 물었을 때, 나는 레아와 잠시 시선을 교환한 뒤 "그런 편입니다"라고만 답했다. 자동차 헤드라이트가 비추자 그대로 얼어붙은 동물처럼. 그 이상은 아무 말도 할 수 없었다.

18

"약장 맨 아래에 있는 작은 주머니에서 프로작을 발견했습니다. 모친께서 평소 항우울제를 복용하고 있었습니까?"

오직 정보를 수집하고, 빈칸에 체크하고, 서류를 작성할 목적으로 외부와 차단된 사무실에서 소령이 무미건조하게 툭 던진 이 질문을 나는 잊지 못한다. 이 말과 함께 죄책감, 후회, 괴로움이 물밀듯 밀려왔다. 도화선에 불이 붙은 것이다. 그때까지 나는 무지와 맹목, 부정 속에 살았다(이에 대해서는 다시 언급하겠다). 그 질문과 함께 나는 내가 그동안 알려 하지 않았고, 시선을 피했으며, 모든 경고를 무시해왔음을 깨달았다.

나는 프로작에 대해서는 전혀 알지 못해 레아 쪽으로 몸을 돌렸다. 동생 얼굴을 보면 두려워하던 답을 듣게 될까 봐, 그 순간을 늦추려는 듯 아주 천천히 몸을 돌렸던 기억이 난다. 동생은 나의 놀란 표정을 보자마자 연민을 느꼈고, 내가 그렇게 알게 된 것에 미안해했다. 동생은 고개를 한 번 끄덕여서 확인해주었다. 꼭 엄청난 말이나 행동이 수반되어야 가혹한 것은 아니다.

나는 완패한 사람처럼 비참해져서 내뱉었다. "왜 말 안 했어?" (동생이 감췄다는 사실 혹은 내가 놓쳤다는 사실이 이 모든 일이 가져온 절망보다 중요하다는 듯. 어쩌면 현실을 직시하지 않기 위한 핑계가 필요했는지도 모르지만.) 내 질문에 레아는 동요하지 않고 설명했다(동생의 담담한 모습은 거친 비난보다 더 큰 상처가 되었다). "오빠는 5년 동안 떠나 있었잖아."

단두대 칼이 떨어지는 소리였다.

피에르 베르디에는 이런 가족사와는 거리를 두었다. 우리

마음에 몰아치는 폭풍에는 그다지 관심이 없었다. 소령이 재차 물었다. "언제 복용하기 시작했는지 알고 있습니까?"

레아는 고민하는 기색을 보이더니 정확히는 모르겠다고 말했다. "엄마는 숨어서 약을 먹었어요." 레아가 이유를 설명하기 위해 덧붙였다. 나는 다시 한 번, 딸에게 걱정 끼치지 않으려고, 남편의 화를 돋우지 않으려고, 몰래 약을 삼킨 뒤 약이 담긴 주머니를 아무도 보지 못하게 약장에 넣고 급히 문을 닫고 심호흡한 뒤 욕조에 걸터앉아 있다가 화장실을 나서며 억지로 괜찮은 표정을 짓는 어머니의 모습을 떠올리고 만다. 어머니가 느꼈을 외로움과 혼란을 짐작해보니 동생의 말이 더욱 고통스럽게 메아리쳤다. 나는 한 번도 그곳에 없었다.

기만적인 의문들이 머릿속을 휘저어놓았다. 나는 또 무엇을 놓쳤을까? 어떤 사실을 알게 될까? 내 발밑에 뚫린 구렁텅이는 얼마나 더 깊어질까? 그런데 나는 어떻게 아무것도 눈치채지 못했을까? 아무것도 의심하지 않았을까?

19

외할아버지가 입구에서 우리를 기다리고 있었다.

할아버지에게 알린 사람은 바로 나였다. 베르디에는 "원하시면 저희 쪽에서 처리하겠습니다"라고 말했지만 내가 직접 연락하겠다고 했다. 전화로는 꼭 필요한 말만 했고, 사실 그것으로 충분했고, 이런 상황에서는 말을 아끼는 것이 상책이었다. 내 이야기를 듣고 할아버지는 잠자코 있었다. 할아버지도 분명 우리처럼 충격과 절망에 빠졌겠지만, 동시에 중요한 건 아직 구할 수 있는 것을 구하는 것이라고 반사적으로 받아들였다. 우리를 구하는 것이 우선이었다. 할아버지는 그저 "내가 가마"라고만 중얼거렸다.

할아버지는 퇴직 후 정착한 베르주라크에서 곧바로 왔다. 차로 한 시간 반 거리였다. 나중에, 나는 할아버지가 넋이 나간 채 절망감에 휩싸여 운전했을 그 길을 상상해보았다. 누가 할아버지와 함께 와주면 좋았겠지만, 너무 급해서 미처 거기까지 생각하지 못했다. 나는 할아버지가 겪은 수난을 상상해보았다. 누구도 그런 형벌을 받아서는 안 되었다.

물론, 할아버지도 집에 들어갈 수 없었다. 할아버지는 손주들이 신문받는 헌병대로 안내받았다. 처음에 할아버지는 복도에서 기다렸다. 눈앞을 오가는 헌병들, 온통 '그 사건'에 관해 웅성대는 소리를 견디지 못하고 할아버지는 결국 야외 주차장에 세워둔 자신의 차 옆에 서 있기로 했다. 나는 낡은 트렌치코트 주머니에 손을 넣고, 언제나 그랬듯 꼿꼿한 모습으로 선 할아버지를 만났다. 그런데 가까이 다가가보니 눈이 충혈되어 있었다. 분명 할아버지는 많이 울었을 테고, 나는 그런 모습의 할아버지를 처음 보았다는 사실을 깨달았다. 나에게 할아버지는 늘 옷을 공들여 차려입고 계산대에서 분주히 거스름돈을 내주며 매일 완벽히 같은 기분을 유지하는, 이목을 끌지 않는 사람이다. 은퇴할 때가 되자 가게를 떠나 직접 수리한 조그마한 집이 기다리는 도르도뉴 지방으로 떠난 사람이다. 할아버지는 재혼하지 않았고, 그곳에서 홀로 지내며 적적하지 않다고 단언했다. 할아버지는 채소밭을 가꾸었다. 어머니는 할아버지가 재배한 토마토와 당근을 두고 놀려댔지만, 할아버지는 그런 삶이 자기와 어울린다며 확신에 차 말했다. 그런 할아버지가 그날 저녁에 주차장에 있었다. 얼빠진 상태로. 완전 넋이 나가 있었다. 할아버지는 슬픔덩어리 그 자체였다. 25년 전 아내를 잃고, 이제 외동딸을 잃었다. 이보다 안 좋은 일이 또 있을까?

할아버지는 아무 말도 없이 우리에게 볼 인사를 했고, 평소보다 조금 더 세게 껴안았다. 말이 쓸데없고 어색하다는 것을 할아버지는 알고 있었다.

나는 할아버지가 아버지를 마음에 들어하지 않았던 것을 떠올렸다. 할아버지는 직접적으로 그런 말을 하지 않았고, 늘 예의를 차렸으며, 무엇보다도 딸의 결정을 전적으로 존중했다. 그렇긴 해도, 일요일에 점심을 먹을 때면 주저하듯 어느 정도 거리를 두는 게 느껴졌다. 수년이 지났지만 감춰지지 않았다. 나는 할아버지가 '항상 그가 못마땅했어. 내 딸에게 맞는 짝이 아니었어!'라고 속으로 생각하지 않을까, 살

인자에 대한 분노와 아무 경고도 하지 못했다는 후회로 몸
서리치고 있지는 않을까 궁금했다. 그러나 대놓고 묻지 않
았다. 물어도 대답을 들을 수는 없었을 테지만.

할아버지는 당장 잘 곳을 마련하기 위해 호텔에 자신의
방과 우리 방을 예약해두었다고 했다. 우리는 베르종 아줌
마가 하룻밤 재워주겠다고 해서 그러기로 했다고 말했다.
집에서 멀리 떠나고 싶지 않았다. 익숙한 곳에 있다는 느낌
도 필요했다. 할아버지는 이해한다고 대답했다.

그렇지만 우리는 호텔 레스토랑에 저녁식사를 하러 갔고,
사건에 대해 일절 언급하지 않는 데 성공했다. 온통 그 생각
뿐이었지만 그 일을 이야기하는 것조차 너무 힘들었고, 할
아버지에게는 특히 더 그랬을 것이다. 언젠가 이야기할 날
이 올 것이다. 가벼운 대화를 해보려 했지만 이내 말이 끊겼
고, 오랜 침묵이 이어졌고, 접시에 포크 부딪히는 소리가 전
부였다. 우리 테이블에서 멀지 않은 곳에서 독일 관광객 두
명이 식사하고 있었다. 그들은 우리에게 닥친 비극을 전혀
몰랐고, 먹으면서 이따금 언성을 높였다. 그들의 태평함이
우리를 안심시켰는지, 아니면 반대로 우리에게 잔인하게

느껴졌는지 알 수 없다. 우리를 둘러싼 삶은 계속되었다. 그것은 멋지고도 끔찍했다.

20

당연히 그날 밤 레아도 나도 잠을 이루지 못했다. 우리는 베르종 부인의 자녀들이 독립해서 집을 떠나기 전까지 쓰던 방에 묵었다.

나는 안락의자에 앉아 다리를 벌린 채 허벅지에 팔을 기대고 고개를 숙였다. 이런 상태가 내가 겪은 동요를 말해주기에 충분했다. 어머니가 돌아가셨는데 '동요'라니, 의아할 수도 있을 것이다. 슬퍼하기만 해도 모자란데, 아니면 이 극악무도한 상황에 경악하고, 격분할 만한 상황에 분노하거나, 혹은 아직 찾지 못한 아버지의 행방에 신경을 써야 할 텐데. 하지만 그 순간, 아마도 온갖 감정을 다 느꼈을 나를 지배한 감정은, 빌어먹을 동요였다. 한꺼번에 너무 많은, 지나치게 많은 것을 처음으로 알게 된 데 충격받아 혼란스럽고 동요된 상태였고, 나를 붙들고 놓아주지 않는, 헤어날 수 없는 공황 상태에 빠져 있었다.

동생은 옷을 갈아입지도 않고 침대에 누워 아이의 방답게 천장 여기저기 붙은 별과 행성들을 보면서 손가락을 움직이고 있었다. 아이는 자라서 떠났지만 별들은 남아 있었다.

처음에는 레스토랑에서 그랬던 것처럼 다른 이야기를 하려고도 해봤다. 화제를 돌리면 어머니의 죽음이 잠시 뇌리를 떠나고, 온 정신을 차지하지 않게 될 것이다. 그것은 생존을 위한 본능적인 몸부림 그 이상도 이하도 아니었다. 결국 우리는 그 일에 잠식되고 말지도 모른다. 그것은 또한 오랜 습관으로 굳어진 일이기도 했다. 파리에서 돌아오면 동생과 함께 날이 좋으면 정원에서, 비가 창문을 때리는 날에는 거실에서 떨어져 앉아 서로의 근황을 묻고 몇 주 동안 있었던 일에 대해 이야기를 나누곤 했었다.

레아는 '두파'로 불리는 엠마누엘 두파티 중학교 3학년*

---

* 프랑스의 중학교는 4년제이다.

에 재학 중이었다. 학교 이름을 자세히 묻는 사람에게는 두파티가 프랑스 극작가이차 아카데미 프랑세즈 회원이라고 소개했다. 실제로 두파티는 말년에 또 다른 후보였던 젊은 빅토르 위고를 누르고 아카데미 프랑세즈에 뽑힌 극작가였다. 두파티가 블랑크포르 출신이어서 그의 이름을 딴 학교가 세워진 것이다.

그곳은 평화롭게 학창 시절을 보낼 수 있는 전형적인 중학교였다. 명문대 입시를 준비하거나 정상에 오르는 꿈은 허용되지 않았다. 레아는 정상을 꿈꾸지 않았다. 동생은 자신의 환경에서 벗어나는 것을 꿈꾸지도, 변호사나 의사가 된 모습을 상상하지도 않았다. 이미 대학 진학은 멀고 불확실한 전망처럼 보였다. 동생에게는 중학교 1학년 때 만나 삼총사처럼 꼭 붙어 다니는 두 친구 클로에와 마농만이 중요했다.

더욱이 동생이 제일 먼저 언급한 것은 수업도, 선생님도, 성적도, 좋아하는 과목도, '짜증나게 하는' 과목도 아닌, 동생에게 깊은 인상을 남긴 두 친구였다. 동생은 지나치게 조용하고 열등감으로 가득 차 있었지만 친구들은 능수능란하고 자유로우며 무서울 게 없었고, 동생에게는 골동품 전화기와 이른 나이에 얻는 유명세를 경고하는 엄마가 전부였지만 친구들은 유튜브나 SNS, 리얼리티 프로그램에서 일어나는 모든 일을 알고 있었고, 동생은 너무 헐렁한 청바지와 오래된 스웨터만 입었지만 친구들은 화장을 하고 야한 옷을 입을 수 있었기 때문이다. 오빠로서 나는 동생의 친구들을 알게 되어 기뻤지만, 어머니와 마찬가지로 레아가 외모 지상주의와 경박함과 안일함이 지배하는 시대에 휩쓸리지 않기를 바랐다.

그날 저녁, 레아는 클로에가 몸에 꽉 붙는 배꼽티를 입어 피어싱을 드러내고 다니고, 마농은 수영장이 딸린 빌라에 사는, TV에서 유명세를 얻은 케빈이라는 근육질에 타투를 한 남자에게 반했다고 말해주었다. 그날 저녁, 나는 동생에게 모두 쓸데없다는 말을 하지 않기 위해 애썼다. 앞으로 동생을 짓눌러 바닥까지 끌어내릴 무게를 생각하면, 지금 동생은 부질없는 것이나 빈껍데기에 매달릴 권리가 있었다.

21

그러고 나서 동생은 내게 "오페라 발레단은 어때?"라고 물었다.

나는 다른 50명과 함께 여전히 군무진으로 분류되는 '카드리유'에 속했지만, 〈지젤〉, 〈라 바야데르〉, 〈한여름 밤의 꿈〉과 같은 큰 무대에 여러 번 올랐으며, 군무 리더인 코리페가 될 준비를 하고 있었다. 나는 승급을 위해 오랫동안 쉼 없이 노력해왔다.

여덟 살 때 보르도 예술학교에서 발레를 시작한 나는 6년 뒤 선생님들의 격려에 힘입어 파리 오페라 발레학교 입단 오디션을 치렀다.

출발선에는 500명에 가까운 아이들이 있었다. 우리는 신체검사를 받았다. 무용수로서 신체 비율이 좋은지, 조화로운 성장을 할지 확인하는 절차였다. 그런 다음 무용 시험을 보았다. 나는 심사위원들의 다양한 명령에 따랐고, 영화〈빌리 엘리어트〉에서처럼 심사위원이 요구하는 스텝과 피겨를 했고, 내가 선택한 곡에 맞춰 차분하게 안무를 선보였다. 그러고는〈빌리 엘리어트〉에서처럼 나 역시 시험을 망쳤다고 확신했다. 시험장을 나오면서 어머니에게 내뱉은 말은 "끝장이야"였다.

어머니는 내가 발레하고 싶다는 말을 꺼낸 그 순간부터 반대해온 아버지의 비난을 듣게 될까 봐 시선을 떨구었다. 사실 아버지는 "그건 여자애들이나 하는 거야"라는 뻔하디 뻔한 말로 발레학교 입학을 반대하다가 결국 한발 물러섰는데, 어머니의 간청 때문이었다. 어쩌면 그 순간 아버지 노릇을 그만두고 손을 떼기를 내심 바랐을지도 모른다. 그 뒤로는 어떤 것도 묻지 않고, 일말의 관심조차 두지 않고 멀찍이 방관했다. 식사를 할 때도 그런 이야기를 나누지 않았고, 그 주제를 언급하는 것도 완전히 금지되었다. 우리는 그런 일이 없었다는 듯 행동했다. 그의 친구들이 나의 이상한 활동에 대해 겁도 없이 질문하면, 그는 어깨를 으쓱하고 잽싸게 내뺐다. 어느 날 문간에서 "그 애가 진짜 내 아들인지 궁금해"라고 말하는 걸 들었다. 어머니가 내가 입단 오디션을 치르고 싶어한다고 말했을 때 아버지는 "우리가 그럴 형편이냐, 사람들이 뭐라고 하겠냐"며 고함을 질렀다. 한때의 관심이라면 그럭저럭 넘어가겠지만, 업으로 삼는 것은 완전히 다른 차원의 이야기였다. 다시 한 번 아버지는 양보했다. 제일 고약한 이유를 생각해보자면, 내가 집을 떠나 파리에 살아야 한다는 것을 깨닫고, 그러면 더는 당황할 일 없이 지낼 기회였다고 생각했을 것이다. 그런데 내가 오디션을 '망친다'면, 나는 꼬리를 내리고 집으로 돌아와 그의 조롱과 경멸을 견뎌야 하고, 어머니는 질책은 물론이고 대놓고 비난하는 것까지 견뎌야 할 터였다. 결국 나는 입학 허가를 받았다.

열네 살 때 나는 또 다른 가족을 찾아 둥지를 떠났다. 멀리 떠났다.

학교에서 나는 온갖 종류의 무용을 배웠다. 발레뿐 아니라 현대무용, 재즈, 민속, 바로크 무용도 배웠고, 마임, 연기, 체조, 해부학 수업도 들었다. 듣기에만 그럴싸한 게 아니라, 실제로도 좋았다. 하지만 지옥 같기도 했다. 지치도록 훈련하다 보면 부상을 입고, 몸은 고통스럽다. 규율에 따라야 하기 때문이다. 우리는 휴식을 취하거나 일탈할 권리가 없다. 무용수들은 엄청난 압박을 견디며 수시로 평가받고, 매년

시험을 치르고, 한 해를 유급할 수도 없고, 시험에서 떨어지면 퇴학당한다. 오직 무용 하나만 생각하고, 집착하고, 무용을 위한 자리만 있다. 한 번쯤 들어보았을 이야기. 그 이야기는 진실이다. 아니 진실은 그렇지 않다. 진실은 더 지독하다.

열여덟 살에 나는 발레단 오디션(작은 말들이 뛰어넘어야 하는 마지막 장애물)에 합격하고 연습생으로 합류했다. 1년이 지났고, 나는 승급을 앞두고 있었다. 이제 나는 정식 단원이 될 것이었다. 고지가 손에 닿을 듯했다.

그때 전화를 받았다. 동생의 전화였다.

천장에 별이 붙은 아이 방에서, 흔들리는 집에서, 밤이 내려앉은 시간에 "오페라 발레단은 어때?"라는 동생의 질문에, 나는 그냥 "괜찮아"라고 대답했다.

22

물론 아무렇지 않은 척하는 것도 금세 끝났고, 우리는 그 날의 끔찍한 사건에 다시 빠져들었다.

그 주제로 돌아온 사람은 나였다.

레아는 그 이야기와 거리를 둘 준비가 된 것 같다고, 그러기를 바라고 있다고 느꼈다. 레아는 그럴 힘이 있었다. 너무나 큰 충격을 받아 다시 빠져들고 싶지 않았다는 게 더 정확할 것이다. 상처받은 사람들 특유의 순백의 확고함을 레아는 지니고 있었다.

반면 나는 그 주제에서 벗어날 수가 없었다. 벗어나는 것만이 살길이었고, 더 고통받지 않기 위해서라도 벗어나야 했지만, 나는 어떻게 물러날 수 있는지, 어떻게 그런 환상에 빠질 수 있는지 알지 못했다. 그런 방법은 존재하지 않기 때문이리라.

곧바로 나는 전화 통화 이후로 줄곧 궁금했던 질문, 입을 근질근질하게 만들었으며 자꾸만 걸려 넘어지게 했던 질문을 던졌다. "왜 그랬는지 알아?" 예상외로 레아는 간결한 몇 마디 말로 살인 동기를 말해주었다. "엄마가 다시 떠나기로 결심했었거든."

사실 어머니는 이미 아버지를 떠난 적이 있었다. 2년 전. 정확히는 어머니가 머물고 아버지가 떠났다. 당시 두 사람은 합의하에 '일시적인 별거'에 들어갔고, "우리 관계가 어디쯤 왔는지 확인하기 위해서"라고 우리에게 되풀이해 말했다. 아버지는 몇 주 동안 고모네 집에 가 있었다(사람들이 수군거리지 않도록, 아무도 모르게).

부모님이 우리에게 소식을 전하던 순간이 정확히 기억난다. 내가 평소와 달리 집에 왔던 주말이었다. 부모님은 내가 집에 오기를 기다리고 있었던 것 같다. 우리는 부엌에 모였다(2년 후 그곳에서 돌이킬 수 없는 일이 일어날 터였다). 우리와 어머니는 식탁에 앉아 있었다. 아버지는 선 채로 앞으로도 이 집의 가장은 자신이며, 집을 이끌 유일한 사람이라는 것을 우리가 이해하도록 클로드 소테 감독의 영화 속 이브 몽탕처럼, 엄숙하면서도 억지 농담처럼 연기하는 투로 말했다. 하지만 아버지가 말하는 태도와 그의 틱 증상, 짜증에 찬 모습은 그가 이 상황에 끌려가고 있고, 마지못해 받아들여야 했음을 보여주고 있었다. 그가 짐을 쌀 수밖에 없었음을 우리는 확신했다. 어머니는 어떻게 아버지를 항복시켰을까? 아버지가 스스로 형편없고 한심하다고 느낄 정도로 선을 너무 많이 넘었던 걸까? 영영 떠나겠다고 협박했을까? 우리는 아무것도 몰랐다. 어머니는 아무 말 없이 "서로 사랑하는 부부들도 스스로를 위해" 휴식이 필요하다는 아버지의 설교를 잠자코 듣고 있었다.

우리는 어안이 벙벙했다. 때때로 갈등이 벌어진다는 건 알았다. 아버지는 '신경질을 부렸고', 어머니는 '방어적'이었다. 그러나 우리는 모든 부부가 다 그렇다고, 무엇보다도 그런 긴장이 결코 지속되지는 않을 거라고 상상했다.

실제로 아버지는 무서운 편집증을 보이기 시작했다. 아

버지는 어머니가 바람을 피우고 있다고, "남자들을 만나러" 가는 거라고 확신했고, 어머니에게 모든 일정을 샅샅이 고하라고 우겼고, 뻔뻔하게 어머니의 휴대전화를 뒤졌고, 어머니가 지나치게 야한 옷을 입는다고 비난했다. 그런 말을 들은 어머니는 처음에는 격렬하게 부인했고, 다음에는 침착하게 아버지의 비난에 맞서 스스로 얼마나 떳떳한지 보여주려고 했고, 시간이 지나면서 아버지가 이성을 잃자 입을 다물고, 경계하면서, 사태가 지나갈 때까지 꼼짝하지 않고 기다렸다. 그리고 결국은 지나갔다.

부모님은 우리가 이러한 위기의 순간을 목격하지 않도록 신경 썼다. 우리가 있을 때 감정을 억누르고, 아이들 앞에서 싸우지 않으려고 연기를 했다. 때론 그런 노력이 물거품이 되기도 했는데, 늘 아버지 때문이었다. 순식간에 공기에 전기가 흐르거나, 갑자기 경직되거나, 깊은 불안감이 느껴지면 동생과 나는 어쩔 줄 몰랐다. 불화를 원하지 않았던 우리는 편의상 아무것도 눈치채지 못한 것처럼 굴고, 상황이 정상으로 돌아올 때까지 기다렸다. 그리고 결국 그렇게 되었다.

따라서 부모님이 '별거' 결정을 알렸을 때 우리는 놀랐다. 분명 우리는 눈이 멀어 있었다. 아니면 겁쟁이이거나. 특히 내가 그랬다.

한 달 후, 어머니는 아버지가 돌아오는 데 동의했다. 무슨 이유로 부모님이 화해했는지 전혀 알지 못했다. 아버지가 사과했고, 가슴에 손을 얹고 다시는 그러지 않겠다고, 이제 어머니를 의심하지 않겠다고 약속했을 것이다. 그리고 어머니는 아버지를 믿어주는 척했다. 어머니는 어떤 대가를 치르더라도 결혼과 가정, 가족, 집을 지키려 했기 때문이리라.

그랬던 어머니가 "다시 떠나기로 결심"한 것이다.

23

"어머니가 네게 말했어?"

"나보고 대기하고 있으라고 했어."

나는 거의 군대에서나 들을 법한 '대기하라'는 말에 충격을 받았던 것으로 기억한다. 이것은 어머니가 떠날 생각을 한 지 오래되었다는 것을 의미했고, 마음을 굳혔다는 것을 의미했으며, 적절한 때나 상황이 덜 나쁜 때를 기다리고 있었다는 것을 의미했다. 어쩌면 기차표나 버스표를 샀거나 숙소를 찾았을 수도 있고, 충분히 준비했으며 무엇도 우연에 맡기지 않았을 거란 뜻이었다. 그런데 어머니는 왜 머뭇거렸을까. 왜 딸의 손을 잡고 전력을 다해 달아나지 않았을까? 만약 도망쳤다면 어머니는 아직 살아 있을지도 모른다. 어머니는 상황이 나아지기를 바랐거나, 아니면 발걸음을 떼려는 순간 마지막으로 주저했던 것일까. 아니면 제3자나 친구, 변호사 등 누군가의 대답이나 신호를 기다리고 있었을까?

"무슨 일이 있었던 거야? 어머니가 왜 그런 생각을 하게 된 거야?"

"따귀. 아버지가 어머니 따귀를 여러 번 때렸어."

단도직입적인 동생의 대답을 듣자마자 마음이 무너졌다. 오래된 아파트 건물에 폭탄을 터뜨려 건물이 와르르 무너지는 것을 본 적이 있나? 바로 그런 느낌이 들었다. 몸 안에서.

레아는 그렇게 이야기를 시작했다.

어느 날 저녁 따귀 소리가 들렸다. 부모님이 거실에서 말다툼하는 동안 동생은 방에서 나오지 않았고, 직접 그 장면을 보지 않았기에 확신할 수 없지만, 동생은 틀림없다고 생각한다. 옥신각신 싸우며 오가는 말들이 왜곡되어 들렸지만 동생은 아버지가 어머니에게 '약속을 했는데도 어떤 남자를 너무 오랫동안 바라보았다'는 이유로 어머니를 비난하고 있다는 것을 쉽게 알 수 있었다. 그날 저녁, 퇴근 후 아버지는 어머니를 데리러 갔다. 어머니를 깜짝 놀라게 하거나 어머니가 걸어오며 안개비를 맞지 않도록 차로 데리러 가는 것이라고 했지만, 실제로는 어머니를 감시하기 위함이었다. 아버지는 지켜보는 눈 없이 어머니를 혼자 두는 것을 싫어했었다. 가게에는 외할아버지가 있고, 집에는 아버지가 있다. 하지만 그 사이에는? 중간에 무슨 일이든 일어날 수 있다. 어머니는 바보가 아니었기에, 아버지의 수작을 눈치챘고 단념했다. 그런데 그날 저녁, 가게가 문을 닫을 무렵 어머니는 마침 근처를 지나던 옛 동창, 고등학교 때 친했지만 그 이후로 다시는 보지 못한 남자를 우연히 만났다. 그를 다시 보자 어머니는 반가웠다. 학창 시절과 행복한 추억을 떠올렸기 때문이다. 게다가 그 남자는 유머러스했고, 항상 분위기를 주도하는 타입이었다. 여전했다. 그가 비아리츠에 자동차 판매점을 열었다는 소식을 전하고 있는데 아버지가 문을 열고 들어왔다. 어머니는 아버지가 단단히 화가 나 있음을 눈치채고 급히 동창에게 인사를 고했고, 동창은 어머니의 갑작스러운 태도 변화에 놀랐을 것이다. 돌아오는 길에 부모님은 그 이야기를 꺼내지 않았다. 식탁에서도. 레아는 무겁게 가라앉은 분위기에 무슨 일이 있었음을 알아차렸지만, 아무 질문도 하지 않는 습관이 있었다. 동생이 방에 올라가자마자 아버지가 그 이야기를 꺼냈다. 그날 저녁, 어머니는 반박했다. 어머니는 분명 참을 만큼 참았고 끝내 언성을 높였다. 아버지는 아마 당황했을 것이다. 어머니의 반항을 멈추기 위해 아버지는 어머니를 때리는 것 말고는 다른 방법을 몰랐다. 즉시 잠잠해졌다. 레아는 순서를 정확히 기억하고 있었다. 거친 말, 높아진 언성, 고함, 갑자기 세차게 뺨 때리는 소리, 그 뒤로 깊은 침묵.

"그건 시작에 불과했어."

24

그런 다음 레아는 거의 항상 똑같은 문제로 다툼이 이어
졌다고 말했다. 매번 같은 시나리오였다. 아버지는 어머니
에게 시비를 걸었고, 어머니는 못 들은 척 고개를 돌리고는
설거지나 청소처럼 다른 일에 몰두했고, 아버지는 지나치
리만큼 어머니에게 가까이 붙어서 이 집 주인이 누구고 누
가 왕인지, 누구에게 충성을 맹세하고 보고하고 존경심을
표해야 하는지 끈질기게 말했고, 더는 어머니의 침묵과 의
도적인 무시를 견딜 수 없게 되자 따귀를 때렸다. 그런 뒤
아버지는 곧바로 사과했고, 그럴 의도는 없었는데 뭐에 홀
린 건지 모르겠다고, 자신을 자극한 것은 어머니라고 말하
고는 다시 사과했고, 당황해하고 말을 쏟아내고는 결국 모

든 게 어머니 잘못이라고 쐐기를 박았다. 자신이 피해자라고, 아내가 바람을 피웠을지 모른다고, 어쨌든 버림받았다고, 남들이 등 뒤에서 자신을 조롱한다고. 남들이 당최 어떻게 생각하겠느냐고, 자기가 그걸 모를 줄 아느냐고. 이렇게 불쌍한 사람으로 불리는 게 너무 굴욕적이라 자기도 모르게 손찌검을 했다고("나도 모르게 손이 나갔어." 왜 그랬느냐고 물으면 그는 분명히 이렇게 대꾸했을 것이다. 저절로 손이 나갔다고), 어떻게든 분출해야 했고, 자신을 짓누르는 무게를 없애야 했다고 말이다. 때때로 아버지는 눈물을 쏟기도 했다. 레아는 아버지가 우는 소리를 분명히 들었고, "최악인 건, 아버지가 진심인 것처럼 보였단 거야"라고 말했다. 게다가 어머니는 결국 아버지를 용서해주었고, 아니, 어쨌든 포기한 것 같았다. 어린아이처럼 흐느끼는 아버지를 위로하며 어머니는 아주 작은 목소리로 "아무것도 아니야"라고 말했다.

끔찍했다.

흔치 않았지만 때로는 돈에 관한 일로(어머니가 돈을 '펑펑' 썼다고), 아니면 나의 전공에 관한 일로("네 자식이 고집을 부려서 기둥뿌리가 뽑히게 생겼잖아. 설명 좀 해봐!"),

또는 집이 어수선해서("돼지우리에 사는 게 아무렇지 않아?"), 또는 당장 대령하지 않은 식사 때문에("뼈 빠지게 일하고 집에 왔는데 또 기다려야 하다니"). 죄다 만들어낸 핑계였다. 아버지는 온갖 구실을 붙여서 싸움을 걸고 기습 공격을 했다. 그는 편집증, 질투, 나르시시즘의 화신이었다. 노골적으로 말하자면 그는 버림받을지도 모른다는 불안에 휩싸여 있었다.

해결책도 없고 끝도 없다는 것이 문제였다. 어머니는 아무 죄가 없었기에 아버지의 화를 누그러뜨리기 위해 바로잡을 것도 없고, 내보일 증거도 없고, 아무것도 할 수 없었다. 그럼에도 어머니는 진짜 죄인이라도 된 듯 아버지를 안심시키기 위해 약속하고 맹세했다. 어머니는 그런 지경에 이른 것이다. 그런데 그것도 충분하지 않았다. 아버지는 절대로 만족하지 않았고, 절대로 그만두지 않았다.

동생이 이야기를 마치자 나는 소령 앞에서 했던 질문을 다시 던졌다. "근데 왜 나한테는 아무 말도 안 했어?" 내가 떨어져 있었다는 걸로는 다 설명되지 않았다. 그러자 동생은 어머니가 말하지 말라고 했다고 털어놓았다. 어머니는

113

고성을 듣고, 대화가 갑자기 중단되거나 급히 눈물을 훔치고 팔에 든 멍을 성급히 가리는 자신을 본 딸이 상황을 알고 있거나 적어도 짐작하고 있으리라고 생각했다. 그러던 어느 날 어머니는 결심했다. 아이 앞에서, 자신의 자녀 앞에서 아무것도 털어놓지도, 확실히 밝히지도 않았으면서, 아이에게 침묵을 지키고, "입에 칼이 들어와도" 비밀을 간직하라고 강요한 것이다. 이런 일은 신뢰의 문제라고 주장하며 어떤 경우에도 집 밖으로 나가서는 안 된다고, 이 일은 다른 사람들과는 전혀 상관이 없고, 이 구렁텅이를 벗어난 오빠를 걱정시켜서 뭐 하겠느냐고, 오빠는 다른 신경 쓸 일이 있다고, 콩쿠르를 준비해야 하니 "그런 일"로 오빠를 귀찮게 해서는 안 된다고 말이다. 어머니는 남편의 구타, 가정 폭력, 가스라이팅을 "그런 일"이라고 불렀다. 어머니는 정확한 단어를 사용하지 않았다. 말하자면 고백하지 않은 것이다. 동생은 어머니의 말에 수긍했다. 구렁텅이를 숨기면서 "그런 일"이라고만 말한 것이다.

25

곧바로 다른 의문이 꼬리를 물고 이어졌다. 나 자신에게 연거푸 되물었다. "아무리 감추고, 침묵하고, 떨어져 있었다 해도, 어떻게 나는 아무것도 알지 못했을까?" 미약한 신호든 사소한 단서든 분명 뭔가 있었을 것이다. 분명히.

그때, 밤이 내려앉은 아이 방에서 나는 깊은 곳에서 올라와 잔잔한 수면에서 터지는 기포들처럼 당시에는 무심히 지나친 일들을 시간을 거슬러 다시 유심히 살펴보며 모으고 있었다. 그러자 선명한 이미지가 만들어졌다.

우선 옷을 입는 방식이 떠올랐다. 어머니는 평소 옷차림과 외모에 신경을 쓰는 멋쟁이였다. 손님을 '볼품없는' 차림으로 맞을 수는 없지 않냐고 변명했지만, 한 번도 임신한 적이 없는 듯 완벽한 몸매를 돋보이게 하는 아름다운 옷을 입는 게 좋다고 시인했어도 괜찮았을 것이다. 하지만 근래에는 볼품없는 옷들, 헐렁한 스웨터에 통이 너무 넓은 바지만 걸쳤다. 남자들의 욕망을 자극해서는 안 된다는 남편의 명령에 굴복한 것이다. 스스로를 돌볼 의지를 상실하고 놓아버린 것이기도 했다. 나는 변화를 알아차렸지만, 무례하거나 버릇없어 보일까 봐 모르는 척했다. 그리고 주말에는(주중에 나는 집에 없었다) 대충 손에 잡히는 대로 입을 수도 있겠다고 생각했다.

어머니는 화장도 하지 않았다. 예전에는 립스틱을 조금 바르거나, 블러셔를 바르고 아이섀도로 눈매를 강조하는 화장을 즐겨했지만, 그런 것도 그만두었다. 나는 '나이가 들고 마흔이 넘어가면 더는 스물다섯처럼 굴 수 없으니 절제하고 수수함을 고수하는 거겠지. 화장을 떡칠한 얼굴로 다니다가 놀림거리가 될 수도 있어'라고 생각했던 것 같다. 사실 아무 생각도 하지 않았을 가능성이 더 높지만.

어머니는 살이 빠졌다. 어머니에게 그 이야기는 했었다. 어머니는 농담처럼 "다이어트를 시작했어. 이제 조심해야지, 한번 찌면 안 빠지거든"이라고 대답했다. 나는 다이어트가 왜 필요한지 모르겠다는 듯 어깨를 으쓱했다. 어머니는 나를 보며 미소 지었다. 우리는 화제를 바꾸었다.

또 다른 일도 있었다. 한번은 일과 관련해 아버지가 대수롭지 않은 문제로 언짢은 지적을 했는데 어머니가 별 반응을 하지 않아서 내가 대신 말했다. 나는 사람을 상대하는 일은 피곤한 일이며, 그 덕분에 가족들이 부족함 없이 지낸다고 반박해야 한다고 생각했다. 신문과 책을 파는 어머니의 일이 세상에 꼭 필요한 일이라고 덧붙이자 아버지는 빈정거렸다. "즉석복권이며 담배도 팔지." 어머니가 사람들에게 중독을, 심지어는 암을 유발한다는 듯한 투였다. 그 말에 나는 화가 났다. 그런데도 어머니는 어떤 반박도 하지 않고 멍하게 있었고, 그런 무기력한 모습에서 경고를 알아차렸어야 했지만, 그러는 대신 나는 짜증이 났다. 하찮은 일이 아니었다.

무엇보다도 어머니는 생기를 잃었다. 모든 면에서 그랬다. 창백하고 소극적이고 슬퍼 보였다. 예전 모습과 정반대였다. 오랫동안 어머니가 보여주었던 명랑하고 생기 있고 세련된 모습이 희미해지더니 사라져버렸다. 하룻밤 사이에 일어난 일이 아니었기에 눈치채지 못했을 수도 있다. 다 타버린 초처럼, 말 그대로 사라졌다. 오랜만에 어머니를 만난 한 친구분이 우리 앞에서 대놓고 이 사실을 지적했고 나는 그 말에 동의했다. 이토록 느리지만 급진적인 변화를 감지하기 위해서는 외부의 시선, 즉 제3자의 의견이 필요했다. 어머니는 "내가 일을 많이 하잖아. 이제 스무 살도 아니고"라고 즉시 대꾸했다. 나는 이런 말도 안 되는 대답에 넘어갔다. 그보다 더 나쁜 것은, 걱정하는 대신 어머니를 나무라고, 제발 정신 차리라고 달랬던 일이다. 어머니 친구분은 어두운 눈빛으로 나를 보았다. 그때는 의미를 알지 못했지만. 그 눈빛이 그날 저녁 베르종 아줌마의 집에서 선명히 되살아났다.

26

"그러면 다른 사람들도 아무것도 몰랐어?"

"다른 사람 누구?"

"이웃이나 부모님 친구, 아니면 할머니나 할아버지, 고모…."

나는 아무것도 몰랐다는 생각에 괴로워하며 이렇게 물었다(이 질문이 나를 괴롭히기 시작했는데, 오래도록 뇌리에 남아 있으리라는 걸 그때는 몰랐다). 어떻게 그 많은 사람들이 그저 '지나칠' 수 있었을까?

이 돌이킬 수 없는 일을 막을 수 있는 사람이 있지는 않았는지, 우리 대부분이 그토록 무심했던 건지, 아니면 모두 똑같이 속은 것인지 알아야 했다. 첫 번째 경우라면 화풀이할 대상이 생길 것이다. 두 번째는 이미 나를 집어삼킨 죄책감에서 조금이나마 벗어날 수 있을 것이다. 세 번째 경우라면 조금은 덜 외로울 것 같다.

그러나 생각해보면 이 모든 것은 헛된 희망이었다. 희생양을 찾겠다는 발상은 터무니없고 위험하다. 유일한 범인은 아버지였다. 나만큼이나 다른 사람들도 무관심하거나 부주의했다는 이유로 내 책임이 사라지는 것은 아니기에, 잘못을 떠넘길 수 있다는 생각은 착각이다. 가까스로 책임에서 벗어난다 해도, 갑자기 내가 후회도 부끄러움도 느끼지 않는다면 놀라울 것이다. 아니, 이 후회와 부끄러움은 계속 남아 자꾸 재발하고 곪게 될 거라는 예감이 들었다.

"모르겠어. 어쨌든 그들은 아무 말도 하지 않았고 아무것도 하지 않았어."

레아가 일부러 상처 주려고 한 말은 아니었지만, 내 귀에는 심판처럼 들렸다. 그들은 몰랐고, 그래서 나서지 않았을 거라는 의미로 말한 것이리라. 하지만 내게는 비난과 고발처럼 들렸다.

그런 비판이 반드시 근거 없는 것은 아닐 것이다. 과연 우리는 아무것도 보지 못한 걸까, 아니면 아무것도 보고 싶지 않았던 걸까? 우리는 의식하지 못했을까, 아니면 양심의 소리를 외면한 것일까? 양심의 목소리가 들렸을 때, 스스로 변명거리를 만들지는 않았던가. "혹시 내가 엉뚱한 생각을… 터무니없는 상상을 하는 건 아닐까… 문제가 있다면 어머니가 말씀하셨겠지… 나는 부모님 사생활에 끼어들지 않을 것이고, 나도 부모님이 내 사생활에 간섭하는 게 싫어…." 그리고 일이 벌어지고 진실이 드러났을 때, 우리 눈앞에 있던 진실, 우리가 알아채지 못했던 진실이 드러났을 때, 여전히 스스로 "그들은 잘 숨겼어. 특히 그 남자 말이야… 우리는 농락당했어… 어쨌든 그녀는 언제나 주목받는 것을 싫어했지…"라고 말할 수도 있다. 심지어 이런 결정적인 한마디도 덧붙이면서. "상상할 수 없는 것을 상상할 수는 없으니까…."

레아는 여전히 침대에 누워 별이 빛나는 가짜 하늘을 바라보며 떨리는 목소리로 이렇게 말했다. "아니, 나 혼자만 봤어."

그 순간 나는 벌떡 일어나 침대 옆에 서서 동생을 내려다보고 있었다. 나는 동생에게 단호하게 말했는데, 내 말투에

121

스스로도 놀랐다. "그 무엇도 네 잘못이 아니야. 절대로. 그런 생각은 당장 머리에서 지워버려."

나만큼 놀란 레아는 즉시 수긍했다. 동생은 "알겠어"라고 말했다. 레아가 내 말에 따르기로 마음먹었다기보다는 나를 기쁘게 하기 위해 그렇게 말했다.

하지만 나는 나 자신도 절대 지킬 수 없는 명령에 따르라고 한 것은 아닐까?

27

나는 침대 가장자리에 앉아 동생이 조금 전에 말해준 어
머니가 떠나기로 한 결정에 관해 물었다. "아버지가 알아차
린 거야?" 물론 우리 아버지에 관해 말하는 거였다. 동생이
나를 돌아보며 속삭였다. "엄마가 알렸던 것 같아, 그날 아
침에."

그 말을 듣고 나는 그대로 굳어버렸다.

곧바로 그의 복수심에 불을 붙인 것은 병적인 의처증이나
어떤 조짐 때문만이 아니라는 생각이 들었다. 그에게서 멀
어져 그 없이 살겠다는 어머니의 선언을 도저히 견딜 수 없
어 이성도 자제력도 완전히 잃은 것이다.

그러나 오해해서는 안 된다. 갑작스러운 광기가 모든 것을 설명하지는 않는다. 바로 그 순간 나는 확신하게 되었다. 그는 아내의 생사에 대한 권리가 자신에게 있다는 뿌리 깊은 확신을 품고, 그 확신에 이끌렸을 것이다. 그가 보여주었던 끈질긴 폭력이 그 증거였다. 그의 도피가 그 증거였다. 즉시 항복하고 범행을 자백하고 형을 받아들일 수도 있었지만, 그는 도망쳤다. 홧김에 저지른 행동이라고 해서 조금이라도 책임이 줄어드는 것은 아니다.

"둘 다 고래고래 소리를 질렀어. 이제는 내가 듣든 말든 상관하지 않는 것 같았어. 그러다 순간적으로 어머니가 말해버렸어. '어쨌든 나는 갈 거야'라는 식으로 소리쳤어. 원래 그 말을 하려던 건 아니었지만, 적어도 그런 식으로, 그런 순간에 하려던 건 아니었지만, 벼랑 끝에 몰리자 내뱉어버린 것 같아. 엄마는 그냥 겁을 주려고, 아빠의 입을 다물게 하려고 한 말인데 아빠는 엄마가 벌써 짐을 싼 줄 알았지."

레아가 하는 말을 듣다 보니 비극은 어쩌면 사소하게 시작되었겠구나, 하는 생각이 들었다. 어머니가 협박을 하지 않았다면 화를 면했을지 모른다. 그러다 내 안에 자리 잡은 확신으로 돌아왔다. 아버지는 어떻게든 죽였을 것이고, 결국 죽이고 말았을 것이다. 불이 붙기 위한 작은 불꽃이 필요했을 뿐. 그리고 본심을 드러낸 그날의 싸움이 그 불꽃이 되었다. 언제고 다른 불꽃이 있었을 것이다. 공포에 휩싸이면, 사람은 어떻게 해서든 스스로 위로할 길을 찾는 법이다.

레아의 말을 계속 듣다, 불현듯 동생이 살인을 목격했다는 사실이 떠올랐다. 내가 전화를 받고 충격과 경악에 빠진 채 겪은 일련의 일들 때문에 그 사실을 거의 잊을 뻔했다. 나는 또다시 어쩔 줄 몰랐다. 내 동생, 이제 열세 살밖에 안 된 불쌍한 레아가 원한이 쌓이고 분노가 폭발하고 돌이킬 수 없는 일이 벌어진 것을 보고 들었다. 그래서 나는 레아가 여섯 살이 된 뒤로 처음으로 옆에 나란히 누워 아무 말도 없이 손을 꼭 잡았다. 그러자 동생도 내 손을 꼭 잡았다.

조금 뒤 내가 말했다. "경찰에 알려야 해."

동생은 자신을 탓하는 거라고 생각하고 왜 오후에 피에르 베르디에에게 아무 말도 하지 않았는지 설명했다. "오빠에게 먼저 말하고 싶었어. 오빠가 온 뒤로 단둘이 처음 있는 거잖아. 이번 일은 다른 누구도 아닌 우리 일이야, 안 그래?"

나는 이토록 가증스럽고 극악무도한 살인이 이제 우리 손을 떠나 모두의 것, 사건을 담당하는 사람들과 궁금해하는 사람들의 것이 되었다고, 공공의 영역에 들어간 이상 우리가 할 수 있는 일은 없다고 대답하려다가 입을 다물었다. 동생의 말이 맞았다. 이 상황은 누구도 아닌 우리와 관계된 일이다. 그로 인해 우리 삶의 궤적 또한 바뀔지도 모른다.

28

이후 밤안개가 자욱하게 내려앉았고, 우리는 마치 준비한 것처럼 동시에 그녀에 관한 이야기가 하고 싶어졌다. 그녀, 우리 어머니. 죽은 사람, 살해당한 여자, 조사 대상이 아닌 생전에 우리 어머니였던 그녀에 관해서 말이다. 우리를 집어삼킨 혼란을 잠재우고 잠시나마 고통을 잊기 위해 우리는 추억하고 이야기해야 했다. 우리는 어머니와 행복했고, 어머니는 좋은 사람이었다. 남은 것, 그러니까 범죄 현장 사진들이나 부부 싸움에 대한 소문, 기나긴 법정 공방과 끝나지 않은 애도가 이 같은 사실을 대체해서는 안 된다.

왜인지 모르겠지만 레아가 맨 처음 떠올린 것은 어머니와 내가 빵을 만들던 기억이었다. 어머니가 유일하게 쉬는 일요일마다 우리는 진지하게 빵을 구웠다. 식탁에 반죽 그릇, 계란, 우유, 밀가루, 버터, 설탕, 이스트, 거품기를 올려놓고, 파이를 만들 때는 사과를, 무스를 만들 때는 초콜릿을, 치즈케이크를 만들 때는 필라델피아 크림을 준비했다. 나는 집중했고, 어머니는 즐거웠고, 레아는 한순간도 놓치지 않았다. 그날 밤 레아는 "오빠랑 엄마를 보고 있는데 너무 좋았어. 공연보다 더 좋았어"라고 말했다. 동생의 고백에 눈물이 터졌고, 곧바로 닦았다. 동생은 아무렇지 않게 말을 이었다. "그래도 내가 제일 좋아하는 순간은 크레페를 만들면서 엄마가 오빠 크레페 뒤집는 걸 도와줬을 때야." 나는 곧바로 우리가 함께했던 순간들을 떠올렸다. 생각해보면 전혀 특별할 것 없는 순간들이었다. 그 순간들이야말로 가장 소중하다는 것을 너무 늦게 깨달았다.

내가 말했다. "너는 엄마 머리 빗겨주는 걸 좋아했잖아." 동생은 어머니에게 식탁의자에 앉으라고 했고, 어머니는 기꺼이 머리칼을 맡겼다. 이것은 시간이 흐르며 하나의 의식으로 자리 잡았다. "어렸을 때부터 미용사가 되고 싶었어. 그래서 연습했던 거야." 동생은 장래희망이던 미용사를 포기하고 이제 간호사가 되려고 한다. 동생은 어린 시절 꿈을 포기하면서 어머니와의 친밀함도 포기했다는 사실을 깨닫지 못했다.

우리는 아르카숑*으로 여행 갔던 이야기를 나누었다. 수건과 파라솔을 챙겨 그곳에서 몇 시간씩 머물렀고, 어머니는 자외선을 걱정하면서도 피부에 닿는 햇살을 즐겼다. 동생과 나는 동시에, 팔과 코에 선크림을 바르는 어머니에게 모두 쓸데없는 짓이라고 말하며 곧장 물로 뛰어들던 아버지를 떠올렸다. 말을 잘 들으면 추로스나 아이스크림을 받았다. 어머니는 우리가 허겁지겁 먹는 모습을 옅은 미소를 띠며 바라보았다. 우리는 어머니의 옅은 미소에 대해 이야기했다.

나를 처음 무용 학교에 데려간 사람이 어머니였다는 게 떠올랐다. 나는 〈빌리 엘리어트〉를 보자마자 빌리 엘리어트처럼 되고 싶었다. 애원할 준비를 하고 있었는데, 어머니는 그저 이렇게 말했다. "내 사랑이 그걸 원한다면야…" (어머니는 남편이 아닌 나를 내 사랑이라고 불렀다.) 어머니는 건물 앞에서 나를 기다렸고, 밖으로 나오는 나를 나만큼이나 반짝이는 눈으로 바라보았다.

---

* 프랑스 남서부의 휴양지. 보르도에서 약 60킬로미터 떨어져 있다.

레아는 어머니가 숙제를 도와주던 저녁을 회상했다. 아버지는 친구들과 술을 마시러 나갔고 나는 이미 파리에 정착했기에 집에 둘만 있는 날이 많았다. 공책을 덮자마자 어머니는 라디오 음악 방송을 틀고 저녁 식사를 준비하면서 때로는 춤을 추었고, 셀린 디온이나 아바로 변신하기도 했다. 레아가 신이 난 어머니를 장난스럽게 놀리면 어머니는 이렇게 대답했다. "춤추던 때가 그리워."

나는 몸을 떨면서 덧붙였다. "그리고 내가 남자를 더 좋아한다고 어머니에게 고백했던 날도 생각나." 어느 일요일 봄날, 어머니는 거실에서 다림질을 하고 나는 한가로이 소파에서 시간을 보내다 불쑥 말해버렸다. "레오에 대해 얘기했던 거 기억나? 그 애를 사랑하는 것 같아." 물론 오래전부터 고민해온 이야기였다. 사랑한다고 하면 커밍아웃이 더 잘받아들여질 거라는 결론을 내렸던 것 같다. 그리고 그건 꾸며낸 이야기가 아니었다. 레오와 나는 실제로 서로 호감을 표시했고, 행동으로 옮기는 건 시간문제였다. 우리는 열여섯 살이었다. 어머니는 하던 일을 잠시 멈추고 허공에 다리미를 들고 있다가 아무 일도 없었다는 듯 다시 다림질을 했다. 어머니에게는 몇 초면 충분했다. 어머니는 "사랑에 빠지는 건 좋은 거야"라고 말했다. 그보다 더 나은 답을 찾을 수 있을까? 나는 정말 괜찮은지 질문하듯 어머니를 쳐다보았다. 어머니는 예상 밖의 말을 꺼냈다. "가게에서 팔고 있는 〈제임스 딘〉 특별호를 지난번에 넘겨봤어. 이유는 모르겠어, 우리 때 인물도 아닌데, 아마 표지 때문이었던 것 같아. 아무튼. 제임스 딘 어머니가 아들이 다른 애들과 같지 않아서 자랑스러워했다는 이야기를 읽었어. 근데 그걸 읽으면서 나도 똑같다고 생각했어." 나는 눈물을 삼켰을 것이다. 어머니는 다림질을 끝내고 내 곁에 와 앉더니 작은 소리로 말했다. "아버지에게는 알리지 말고, 우리 둘만의 비밀로 하는 게 좋을 것 같아." 그리고 어머니는 손을 얹어 내 머리칼을 헝클어뜨렸다.

이런 저런 추억들을 떠올리고 난 뒤에야 겨우 잠이 들었다. 새벽에 울린 전화벨 소리가 선잠을 깨웠다. 피에르 베르디에였다. 지금 막, 도망자를 찾은 것이다.

29

헌병대가 새벽에 마을 외곽에 있는 창고에서 그를 체포
했다. 이웃에 사는 여성이 수년간 잠겨 있던 문에 걸린 녹슨
체인이 끊어진 것을 보고 깜짝 놀랐다. 버려진 장소가 왜 철
거되지 않았는지 사람들은 의아해했었다. 이웃 여성은 호기
심에 이끌려 문을 열었고 구석에서 웅크리고 자고 있는 한
남자를 보았다. 그녀는 옷에 묻은 피를 보고 위험을 감지했
다. 즉시 집으로 달려가 인터넷에서 아내를 죽인 남자의 사
진, 전날 지역 신문에서 화제가 된 그 사진을 찾았다. 같은
사람이라고 확신한 그녀는 17번에 전화를 걸어 신고했고,
15분 후에 수사팀이 그를 체포하러 왔다. 그는 아무 저항도
하지 않았다. 체포 당시 수갑을 찬 사진이 있는데, 누가 찍은

것인지는 알 수 없다.

그러나 나는 그가 자수하지 않았다는 점에 주목한다. 후회에 사로잡혀 자수할 수도 있었지만, 그러는 대신 숨어버렸다. 범행 현장에서 5킬로미터도 떨어져 있지 않은 창고에 무엇을 기대하며 숨었단 말인가. 적어도 그가 절박한 심정으로 도주했다고는 말할 수 있을 것이다. 그의 도주도 그의 체포도 초라하기 그지없다. 보잘것없다.

소령의 사무실로 이송된 그는 처음에는 (나중에 전해 들은 바로는) 취객이나 '부랑자'처럼 (나는 이 비유를 잊지 않았다) 축 늘어져 있었다. 정신 좀 차려보라고 거듭 요구하자 그가 갑자기 자리에서 벌떡 일어났다. 마침내 자신의 행동에 책임을 져야 한다는 것을 깨달은 것이다. 그는 처음으로 자신이 저지른 일을 명명하고, 묘사하고, 그렇게 해서 책임을 져야 했다. 도망치면서는 자신의 행위를 정당화할 이유만을, 적어도 참작할 만한 상황을 지어내기 위해 비겁하게 저지른 일을 떠올렸다. 소령은 피해자 행세며 징징 짜는 이야기를 참아줄 마음이 없었다. 한 여자가 죽었고, 이렇게 심각한, 무척이나 심각한 일에 코미디가 들어설 자리는 없었다.

피에르 베르디에가 단도직입적으로 물었다. "어제 아침에 아내를 죽였다는 사실을 인정하십니까?" 아버지는 처음에는 고개를 끄덕여 시인했다. 소령은 그에게 분명한 단어와 문장으로 답할 것을 요구했다. 공식적인 자백을 기다렸다. 아버지가 요구에 따랐다. 그에게 선택권이 있었을까?

베르디에는 범죄 도구가 어디에 있느냐고 물었다. 아버지는 그것을 유기했다. 그는 "기억이 안 나요"라며 답을 회피했다. 소령이 재차 물었다. "이런 정보는 잊을 수 없다고 생각합니다. 답변을 기다리죠…." 범인은 의자에 앉아 짜증을 냈다. "기억이 안 난다고요!" (이 이야기를 들었을 때 나는 그가 칼을 샛길이나 공사장 구석 아니면 들판에 던졌을 거라고 상상했다. 어느 날 우연히 누군가 보게 될지도, 어린아이가 볼지도 모른다고 상상했다. 칼에는 아직 어머니의 피가 남아 있을 것이다.)

베르디에가 범행 동기를 물었다. 그러자 갑자기 그의 몸이 굳고 말을 잃고 멍한 눈을 했다(소령이 그 장면을 우리에게 이야기하며 사용한 표현이었다). 마침내 그가 고개를 들고 입을 떼며 "변호사와 얘기하고 싶어요"라고 말했다.

그런 뒤 "아, 아이들도 데려와주세요"라고 덧붙였다. 이런 상황에서도 그는 여전히 명령하고 요구했다.

30

나는 귀에서 전화기를 떼고 레아에게 말했다. "우리를 보기를 원한대."

동생이 내게 보낸 눈빛, 공포로 가득 찬 눈빛을 잊을 수 없다. 마치 어머니에게 한 짓을 자기에게도 할까 봐 두려워하는 것 같았다. 그것은 분명 근거 없는, 무분별한 공포였지만 그게 뭐가 중요할까? 중요한 것은 동생이 겪는 트라우마의 깊이를 처음으로 엿보았다는 것이다. 동생의 눈빛이 말해주고 있었다.

나는 전화기를 귀에 대고 말했다. "우리는 원하지 않습니다."

이 시련 속에서 우리는 서로 없이는 무엇도 할 수 없으며,

연대할 것이다. 굳이 말할 필요조차 없는 이야기였다. 어쨌든, 아버지와 같은 공간에 있을 생각을 하니 나 역시 끔찍했다. 그의 두 손은 어머니의 목숨을 앗아갔고, 그의 난도질에 어머니는 피를 쏟고 쓰러졌다. 그런데 그의 요구에 따르다니, 있을 수 없는 일이다. 이제 그에게 빚진 것은 하나도 없으니까.

(어쨌든 놀라운 생각이었다. 갑자기 우리는 더 이상 그 사람에게 아무런 의무감도 느끼지 않고, 순종할 필요도 없고, 그게 무엇이 되었든 채무감도 사라졌다. 부모가 양육해준 것을 빚이라고 친다면, 이제 그 빚은 사라졌다. 빙하에서 떨어져나온 얼음덩이처럼 우리는 그에게서 완전히 분리되었다. 그가 저지른 일이 우리를 해방시키고 우리에게 자유를 주었다. 어쩌면 처음으로 우리는 자유롭게 결정을 내리고 선택할 수 있게 된 것이다. 적어도 그렇게 생각했다.)

한편으로는 그의 요구를 받아들이고 싶은 마음도 있었음을 인정해야 하겠다. 그의 얼굴에 대고 돌이킬 수 없는 비난을 퍼붓기 위해, 이제 그가 거부의 대상임을 표현하기 위해서 말이다.

(정확히 그 순간부터 모든 사랑이 — 그전에 느낀 사랑을 부인하려는 게 아니다 — 사라지고, 그 자리를 원망, 혐오,

반감이 차지했다. 우리가 몰랐던 것은, 가족 간의 사랑이 단번에 사라지지 않는다는 것이다. 무언가 계속 남아 있는데, 그에 대해서는 다시 말하겠다.)

베르디에는 이성적으로 우리를 설득해보려 했다. "두 분의 입장을 이해합니다. 그러나 이 만남이 수사에 도움이 될 것이라는 사실만은 말씀드립니다. 우리가 보기에 그는 두 분에게만 사건의 진상을 말할 것 같아요. 진실을 밝히는 데 그의 이야기가 꼭 필요합니다."

내가 반박했다. "알잖아요, 진실이 뭔지. 자백했잖아요. 뭘 더 원하죠?"

아버지는 정황과 시간, 흉기, 동기 등에 대해 말했다. 하지만 내겐 아무 상관 없는 일이었다. 그저 고통과 끝없는 공포만이 느껴졌고, 우리는 나락으로 떨어지는 것을 멈춰야 했다. 나는 다시 한번 거절했다.

소령은 능숙하게, 곧바로 감정적인 영역을 건드렸다. "영원히 미룰 수는 없어요. 애도를 위해 꼭 거쳐야 하는 일입니다."

(듣기 두려웠던 끔찍하고 진부한 말. 그 말은 예상보다 훨씬 빨리 나왔다.)

그의 말이 맞을 수도 있지만 아직은 아니었다.

138

소령은 우리가 알지 못했던 면을 드러내며 협박조로 말했다. "필요시 대질신문을 요구할 수도…."

나는 "마음대로 하세요"라고 답하고 전화를 끊었다.

레아가 나를 쳐다보았다. 그러고는 말했다. "아빠라고 하지 않네…."

"뭐라고?"

"'아빠가 우리를 보기를 원한다'고 말하지 않았잖아."

동생은 중요한 문제를 막 건드렸다. 앞으로 그를 어떻게 부를까? 뭐라고 지칭할까?

나는 침대 끝에 앉아 있는 레아를 꼭 안았다. 레아는 떨고 있었다.

31

그렇게 해서 그날 아침, 우리에게 남은 인생의 첫날이 시작되었다(상투적인 표현이지만 철저하고도 처절하게 정확했다). 하늘은 우윳빛이었다. 일기예보에 따르면 오후 나절에 비 소식이 있었다.

우리가 충격과 슬픔에 빠져 있을 준비를 하는 동안 현실이 끼어들었다. 평범하고 실제적인 현실이.

우선, 우리는 닫힌 문 앞에 있었다. 순진하게도 어머니의 시신이 영안실에 안치되면 다시 집에 들어갈 수 있을 것이라고 믿었다. 정반대였다. 집은 오히려 봉인되었다. 피에르 베르디에를 처음 만났을 때 그럴 가능성에 대해 들었지만,

한 귀로 흘려버렸다. 당시 막 벌어진 사건에만 신경 썼거나, 살인이 벌어진 부엌만 일시적으로 폐쇄될 거라고 짐작했던 것 같다. 우리 집에 들어갈 수 없다는 것을 깨달았다. 정원 앞을 지키고 있던 경찰은 협상의 여지가 없다는, 대꾸조차 하지 않겠다는 태도로 출입 금지를 알렸다.

그래서 레아와 할아버지와 나, 우리 셋은 아무 힘없이, 초라하고 무기력하게 하루아침에 들어갈 수 없게 되어버린 어린 시절을 보낸 집 앞에 서 있었다. 세상에서 가장 사랑하는 사람을 잃은 것만으로는 부족했는지, 우리는 빈털터리로 거리에 던져졌다. 분명히 말하지만, 그들이 압수한 것은 우리의 주거지만이 아니었다. 그들은 우리의 삶과 기억을 압수하고, 우리의 일상이었던 것을 빼앗아버렸다. 어린 시절도 지워야 하는 것처럼. 더 거침없이 말하자면 우리는 개인 소지품과 옷도 빼앗겼다. 이 모든 것을 몰수당한 무례하고 어이없는 상황이 몇 달이나 이어지리라는 것을 우리는 몰랐다.

할아버지는 현실적인 모습을 보였다. "르클레르에 가자." 당시의 슬픔이나 모든 것을 빼앗긴 기괴한 상황에 맞지 않은 할아버지의 제안에 우리는 흠칫 놀랐지만, 맞는 말이었다. 그래서 우리는 할아버지 차를 타고 쇼핑몰에 갔다. 광고 방송이 나오는 텅 빈 통로를 따라 카트를 밀며 생필품을 재발견하고, 어느 정도 일상을 회복하기 위한 티셔츠며 스웨터, 청바지, 사각팬티, 면도 크림, 샴푸, 샤워젤, 칫솔 등을 구입하던 기억이 난다.

모두 할아버지가 계산했다. 어쨌든 우리는 돈을 낼 수 없는 상황이었다. 레아는 계좌가 없었고 내 계좌는 마이너스였다. 할아버지가 없었다면 우리가 무엇을 했을지 궁금했다. 답은 간단하다. 아무것도 하지 않았을 것이다.

트렁크에 물건을 담느라 여전히 주차장에 있던 우리에게 장례식을 생각해야 한다며 분명한 사실을 언급한 사람 역시 할아버지였다. 나는 법의관의 승인을 받기 전까지는 날짜를 정할 수 없다고 했다. 할아버지는 대뜸, 관을 고르고 장례식 준비를 위해 장의사를 만나야만 한다고 대답했다. 할아버지의 반론에 나는 깜짝 놀랐다. 훗날 할아버지는 내가 장애물을 거부하고 있다는 인상을 받았다고 고백했다. 죽음 앞에서는 아무짝에도 소용없는 일이었다. 죽음은 주사위를 던졌고, 우리는 게임에 임해야 했다.

15분 후에 우리는 뒤르포 거리*(내가 지어낸 이름이 아니다)에 주차했다. 나이를 가늠할 수 없는, 얼굴도 잘 보이지 않고 표정도 없는 여성이 우리에게 앉으라고 권했다. 유난히 생기 없는 색의 사무실은 마음을 안정시키고 주의를 다른 곳으로 돌리지 못하도록 만들어진 공간 같았다. 그녀는 카탈로그에 실린 다양한 관들을 소개했다. 평평한 관, 직선이 강조된 관, 뚜껑이 높은 '무덤' 스타일의 관. 단단한 참나무, 단풍나무, 새틴 마감, 모양을 잡은 상단, 곡선 패널, 견고한 두께, 황동 손잡이까지. 모든 것이 가능했다. 그저 말만 하면 됐다.

머리가 어지러웠다. 어떤 악몽도 이보다 더 구역질 나지는 않을 것이다. 정말로 우리가 이런 이야기를 나누었던가? 나는 자리를 박차고 나오고 싶을 뿐이었다. 어떻게 견딜 수 있단 말인가?

결국 우리는 할아버지에게 결정을 맡겼다. 이번에도 할아버지가 돈을 낼 것이다. 레아는 "간소해야 해요. 엄마는 튀는 걸 싫어했어요"라고만 말했다.

밖으로 나오자 하늘은 여전히 우윳빛이었고, 우리는 자

---

* rue du Repos. 'repos'는 프랑스어로 '안식'을 의미한다.

연스럽게 성당으로 향했다. 추도식을 준비하려면 신부를 만나야 했다. 어머니도 우리도 신자가 아니었지만, 추도식을 치르는 곳은 성당이다. 차를 타고 가는 내내 침묵이 무겁게 자리했다. 우리가 무슨 얘기를 할 수 있을까? 중요한 것은 긴급한 문제를 효율적으로 처리하는 것이었다. 사실 우리에게도 필요한 일이었다. 그 과정에서 마침내 생각을 다른 데로 돌릴 수 있었다. 잠시나마 숨 막히는 현실에서 빠져나올 수 있었다.

신부님은 우리를 알아보지 못했는데, 최근에 부임한 데다 우리가 미사에 참석한 적이 없으니 당연했다. 신부님은 세상을 떠들썩하게 한 끔찍한 뉴스와 우리를 연관 짓지도 않았다. 그는 두 명의 어린 고아를 보았고 우리에게 진심 어린, 진실하고 꾸밈없는 연민을 보여주었다. 우리는 그가 연민을 표한 최초의 타인이라는 사실을 깨달았다. 수사하느라 바쁜 경찰들은 친절했지만, 그 이상은 아니었다. 베르종 아줌마는 아무 말 하지 않았지만 자책하는 기색이 역력했다. 레스토랑 직원들은 멀리서 우릴 보며 쑥덕거렸다. 여기 있는 사람은 공감과 호의를 보여주었다. 그게 그의 일이라면, 그는 자신의 일에 탁월했다. 그러다 의도하지 않게 실수를 저질렀다. 아내를 잃은 당사자가 없다는 것을 알아차린 신부가 나와 동생에게 물었다. "아버지는 같이 안 오셨나요?" 우리는 어쩔 줄 몰라 서로를 바라보았다. 할아버지가 대신 대답했다. "어제 벌어진 살인 사건에 관해 혹시 들었는지 모르겠군요…." 할아버지는 직설적으로 "얘들 아버지가 얘들 어머니를 죽였죠"라고 말하지 않았다. 그런 말이 우리 귀에 들어오지 않도록 하려고 그랬을 것이다. 할아버지로서는 그렇게 말할 수 없었을 것이다. 신부는 즉시 얼굴이 창백해졌고 내 어깨에 살며시 손을 얹었다. 신부님의 제복에서 세제 냄새와 인공적인 라일락 향기가 났다.

밖으로, 세속의 세상으로 나온 우리는 잠시 성당 앞 광장에 머물렀다. 잠깐의 휴식으로 정상적인 호흡을 되찾으려는 사람들처럼. 담배와 잡지를 파는 가게에 드리워진 커튼을 보지 않으려고 애써 시선을 피했다. 그런 뒤 할아버지는 고개를 들며 "곧 비가 내리겠다"고 말했다. 호텔로 돌아가자는 신호였다.

우리는 로비에 주저앉았다. 손자국이 가득한 유리 테이블 위에 최신호를 비롯한 잡지들이 널려 있었다. 처리할 일들이 끝났다고 생각하고 있을 때 할아버지는 일상은 멈추지 않으니 지급해야 할 고지서들과, 죽음으로 인해 바꾸거나 마무리해야 하는 급한 일들, 책무, 처리할 은행 서류나 보험 서류 들이 있다고 알려주었다. 레아는 설명을 요구하듯 "일일이 전화해서 엄마가 죽었으니 엄마 이름을 모조리 지우라고 말하라고요?" 하고 물었다. 동생의 질문에 우리는 꼼짝도 할 수 없었다. 내가 조그맣게 말했다. "우편으로 처리할 거야." 짓눌릴 필요는 없었다. 그때 어머니 연배의 한 여자가 로비를 지나갔다.

아침부터 우리를 사로잡고 있던 것, 사소해 보이지만 필요한 일들을 끊임없이 곱씹으면서, 나는 열세 살짜리 소녀나 열아홉 살 소년 중 누구도 그런 일에 준비되어 있지 않다고, 그런 생각을 해본 적도 없다고 마음속으로 말했다. 우리는 빠른 속도로 배우고 있었다.

32

전화벨이 울렸다. 또 피에르 베르디에였다.

그는 우리를 만나기를 바란다며 '물론' '소환'은 아니라고 애써 강조했다. (조금 전 무뚝뚝하게 말한 것을 후회했을까?) 그는 우리에게 알려줄 게 있다며, 가장 좋은 방법은 헌병대에서 만나는 것이라고 말했다.

우리가 사무실 문을 열고 들어서자 그는 뭔가 걱정하는 기색이었다. 우선 그는 아버지가 변호사를 기다리고 있으며 "더는 협조하지 않는다"고 말했다. 그는 변호사가 오면 아버지가 좀 더 말이 많아지기를 바랐다. 보르도 출신 변호사를 어떻게 구했는지, 원래 알던 사이인지도 알 수 없지만 소령은 규정과 절차에 따랐다.

그러면서 우리도 변호사를 고용해야 한다고 말했다. 재판을 위해서 원고가 되어야 한다는 것이다. 나는 깜짝 놀랐다. "우린 아직 그럴 준비가…." 그러자 그가 분명히 말했다. "시간을 낭비하지 맙시다." 내가 다시 반박했다. "우린 돈이 없어요! 돈이 없는데 어떻게 변호사를 선임하죠?" 할아버지가 내 걱정을 잠재웠다. "내가 내마."

모든 게 낯설었다. 모든 게 처음이었다. 모든 게 미쳤다.
모든 게 당황스러웠다.
레아의 시선은 텅 비어 있었다. 레아는 우리와 같이 있는 것 같지 않았다. 이미.

"법적 사항을 고려중이니…."
그가 시작한 이야기를 멍하니 듣고 있는데, 그다음 이야기가 주의를 끌었다.
"부친이 기소되고 투옥될 게 확실하지만, 아버지로서의 모든 권리는 유지될 겁니다. 감방에서도 여전히 결정을 내릴 수 있어요. 특히 레아 양, 당신은 미성년자이기 때문에 당신에 관한 결정을 내릴 수 있습니다. 예를 들어 당신에게 진로 지도나 수술이 필요하다면 그에 대해, 그리고 여행을 하는 데도 결정권이 있죠. 심지어 면회를 오라고 요구할 수 있습니다. 그래도 괜찮은지, 아니면 다른 법적후견인을 원하는지 말해줘야 합니다. 어떤 경우든 속히, 부친과 이 같은 이야기를 해야 합니다. 그래서 여러분을 보자고 했습니다. 아버지는 용서받을 게 많으니 오늘 여러분의 요구를 기꺼이 들어줄 겁니다. 내일은 달라질지도 모르죠."

나는 경악을 금치 못했다. 분명 나는 그런 것을 물을 수 있는지 몰랐지만, 설령 그렇다 해도, 자동으로 친부의 권리를 박탈하는 게 상식 아닌가. 살인까지 저지른 폭력적인 남편이 아버지로서 위험하다거나 최소한 부적절하다고 생각하지 않을 사람이 있을까? 수년간 감옥살이를 하면서 리모컨으로 차고 문을 여닫듯 자식의 운명을 원격으로 결정한다는 발상을 어떻게 할 수 있지? 법은 어떻게 이런 비정상을, 이런 잔학함을 용인하고 나아가 조장할 수 있을까? 아버지가 피해를 입히거나 우리를 해치지 않도록 최소한 접근하지 못하게 하는 게 정상이다. 그런데 그것이 논의의 대상이라는 사실에 구토가 일었다.

나는 또한 "용서받을 게 많다"는 말에도 눈살을 찌푸렸다. 거기에서 어떤 미숙함을 보았다. 소령은 아버지가 저지른 행위는 용서받을 수 없다는 것을 잘 알고 있었다.

그러면서도 속으로는 그의 능숙함을 인정하지 않을 수 없었다. 베르디에는 우리가 아버지와 대면할 수밖에 없게 만들었으니까.

내가 말했다. "레아의 보호자가 되고 싶어요, 가능하다면 말이죠. 동생이 동의한다면요."

나를 돌아보며 레아가 살짝 미소 지었다. 그러나 동생이 답하기도 전에 소령이 말을 이었다. "조언을 해도 된다면, 할아버지를 법적 보호자로 지정할 것을 권합니다. 할아버지는 성인이고, 아이를 키운 사람이며, 소득과 자산이 있고, 무엇보다 희생자의 아버지니까요. 반박하기가 쉽지 않을 겁니다."

아마도 소령의 말이 옳을 것이다. 소심하게 고개를 끄덕이는 할아버지를 바라보았다.

불과 1분 만에 우리는 근본적인 문제를 결정했다.

33

그런 뒤 베르디에는 몹시 당황한 표정을 지었다.

"오늘 오시라고 한 건 그것 때문이 아니고…."

우리는 무슨 일이 벌어질지 궁금했다. 나는 반사적으로 어깨를 움츠렸던 것 같다. 24시간 내내 충격의 연속이었고, 모든 것이 우리의 시련이 끝나지 않았음을 알려주었다.

"모친께서 작년에 신고한 기록을 찾았습니다…."

실제로는 ― 나중에 알게 된 것인데 ― 바로 그날 아침, 1년 전 신고한 사람과 살인 사건의 희생자가 동일 인물임을 발견한 소위가 제 발로 직속 상관의 사무실 문을 노크하고 들어와 사실을 털어놓았다. 그가 근무 중이던 어느 날 저녁, 어머니는 얼이 빠진 상태로 헌병대에 찾아와 남편이 자신을 폭행한 후 술을 마시러 시내로 나갔다며 고소장을 접수하고 싶어했다. 어머니는 "한계에 다다랐다"고 말했다. 헌병대 소위는 어머니의 하소연을 들었지만―이제는 순순히 인정했다―그다지 심각하게 여기지 않았다. "거의 매주 비슷한 사건을 접하죠"라고 그는 자신을 정당화했다. "어쨌든 모친은 부상을 입지도 않았고, 겉으로 드러나는 상처 하나 없었습니다." 따라서 그는 상황이 위급하지 않다고 판단했다. 어머니의 끈질긴 주장에 그는 결국 고소장을 접수했고, 정확히 말하자면 그것을 기록했고(그것마저 안 할 수는 없었다) 그 뒤로 아무런 조치도 취하지 않았다. 아무도 들여다보지 않던 그 서류는 그대로 헌병대 서랍에 들어갔다.

피에르 베르디에는 우리 앞에서 부하의 과실을 숨기고 수사팀을 보호하는 데 급급해 설명 불가능한 것을 설명하려 했다.

"신고 내용이 매우 모호했습니다. 모친께서는 구타라고만 하고 더 자세히 밝히지 않았어요."

이번에도 우리 어머니가 죄인이었다. 충분히 구체적으로 설명하지 않은 죄, 멍과 상처로 뒤덮이지 않은 죄. 헌병대가 어머니의 말을 듣지 않았거나 도입부 진술만 기록한 것, 가장 기본적인 직감이 부족했던 것은 죄가 될 수 없었다.

베르디에는 "어쨌든 위험을 평가하는 것은 매우 어렵습니다"라고 정리했다. "우리 같은 남자들은 — 매우 유감스럽게도 — 이런 종류의… 상황에 관한 교육을 거의 받지 않았다는 걸 모르지 않으실 겁니다."

충격을 받아 얼굴이 일그러지고 분노를 억누르는 우리 얼굴을 보고 그는 강력한 근거를 대는 게 유리하다고 판단하고 말했다. "아시다시피 경찰도 헌병대도 여력이 없어요. 새로운 이야기도 아니지요. 인력이 부족하거든요. 노력은 하고 있지만 우리 동네가 위험한 변두리가 아닌 걸 어쩌겠어요. 안타깝지만 모든 사건을 다룰 수는 없어요. 다 제대로 처리할 수는 없다고요. 어쩔 수 없이 놓치는 일이 생길 수밖에요."

그렇게 어머니가 내지른 구조의 외침은 '놓치는 일'이 됐다. 나는 "폭행당한 여자보다 길 잃은 개나 부서진 차가 더 중요하다는 말씀이신가요?"라고 물었다.

짜증이 난 그는 서툴게라도 자신의 직업에 대해 설명하는 게 좋겠다고 생각한 모양이었다. "공공질서 교란 행위를 단속하도록 훈련받은 헌병의 머릿속에 교란 행위란 선동, 군중, 여러 명의 희생자를 의미한다는 걸 알아주십시오. 부부싸움은 해당 사항이 없다고 생각하게 마련이죠. 또 이런 사

건이 불기소처분된다는 걸 알고 있으니까 어떻게 보면 헛수
고하지 않으려고 그런 사건을 일부러 맡지 않는 거죠. 제 부
하가 잘했다는 말이 아닙니다. 그저 우리가 어떤 식으로 일
하는지 말씀드리는 거예요. 게다가 제 부하는 남자라서 여
자와 의사소통이 늘 매끄럽지는 못하죠. 또 남녀 관계는 당
사자들만 아는 일이고, 문제가 발생해도, 이런 종류의 문제
는 부부끼리 해결하는 거니까 끼어들면 안 된다고 제 부하
도 보통 사람들처럼 생각했을 뿐이죠."

설명을 덧붙일수록 죽은 사람을 다시 십자가에 못 박는
꼴이었다.

가장 순진하게, 그래서 가장 잔인하게 레아가 대꾸했다.
"그럼 당신들이 제대로 일했다면 우리 어머니가 죽지 않았
을 거라는 뜻인가요?"

그것이 그렇게 간단하지도, 이분법적이지도 않다는 걸 알
고는 있었다. 그렇지만 분노를 유발하는 이 상황이 얼마나
이해할 수 없는지를 나나 할아버지보다 더 잘 보여주었다.

"그런 식으로 말하면 안 됩니다." 베르디에가 화를 냈다.
"그런 식으로 말할 수는 없어요." 그가 재차 반박하는 모습
이 잘못을 인정하는 것처럼 들리지는 않았지만, 적어도 그
와 그의 동료들이 할 일을 하지 않았다는 것을 인정하는 것

처럼 들렸다.

(할아버지는 우리의 분노를 삭이기 위해 나중에 차 안에서 말했다. "적어도 우리에게 털어놓았잖아. 입 다물고 있을 수도 있었는데 말이지." 그들은 솔직했던 걸까? 아니면 우리가 언젠가 과실을 발견할 거라 생각해 선수를 친 걸까?)

소령의 사무실에서 나는 눈을 감고 1년 전에 어쩔 줄 몰라 하며 혼란에 빠진 어머니가 이곳으로 들어오는 모습을 상상했다. 어머니가 감히 저 문을 열고 들어오기까지 얼마나 많은 용기를 냈고, 얼마나 절망했고, 얼마나 두려워했을지 상상해보았다. 도움을 구걸하러 오기까지 말이다. 공권력에 기대어 시련이 끝나기를 바라면서 말이다. 보잘것없는 종이를 손에 쥐고 결국 사형집행인에게 돌려보내진 어머니의 초라하고 비참한 모습을 그리다가 나는 울음이 터졌다. 넘어져 다친 아이가 울음을 터뜨리듯 나도 모르게 짧고 격렬하게 흐느꼈다.

피에르 베르디에는 때맞춰 서랍에서 꺼낸 크리넥스 상자를 건네면서 말했다. "참고로, 심리 지원 서비스를 요청할 수 있다는 걸 알려드립니다."

(그의 '참고로'에 소름이 돋았다. 그의 태평함에 소름이 돋았다. 우선시해야 하는 일을 그는 부수적이고 사소하며 전혀 중요하지 않은 일로 만들었다.)

당시 나는 그의 제안이 헌병대가 저지른 직업적 과실을 만회하려는 의도가 아닐까 생각했다. 실제로 그는 훌륭한 헌병대 매뉴얼을 따르고 있었다. 특히 젊은층에게 극단적인 트라우마가 발생한 경우 심리 지원 서비스가 제공되었다. 스쿨버스가 전복되었을 때, 기차가 탈선했을 때, 미치광이들이 낯선 사람을 무작위로 찔렀을 때, 공장이 폭발했을 때, 홍수가 모든 걸 휩쓸었을 때… 피해자나 심지어 목격자를 돕기 위해 그 유명한 '심리 상담 전담반'이 꾸려졌다.

나는 레아의 의견을 묻지도 않고 그의 제안을 일축했다. "알아서 할게요. 고맙습니다."

생각해보면 내가 고민해보지도 않고 단번에 거절한 것은 그간 벌어진 변명의 여지가 없는 과실에 대한 유치하고 멍청한 반응에 지나지 않았다. 그때 나는 심각한 과실을 저지른, 타인의 고통에 전혀 공감하지 못하는 사람들을 더는 상대하고 싶지 않았다. 게다가 우리에게 가해진 충격을 치유하는 데 필요한 힘을 우리 안에서 끌어낼 수 있을 거라고 확신했다. ("우리는 예민할 때도 있지만 원래 단단해"라고 고

모는 입버릇처럼 말했다.) 하지만 나는 틀렸다. 그것도 나중에 알았다. 너무 늦게.

어쨌든 베르디에는 안도한 것 같았다. 그는 자신이 제안한 절차를 어떻게 이행하는지도 모르는 것 같았다. 기껏해야 간호사를 지정했을 것이다. 최악의 경우 '여력이 없다'고 통보했을지 모른다.

34

갑자기 비가 내리기 시작했다. 세차게, 아주 세차게 창유리를 때리는 비가 이상하게도 축복 같았다. 모순되게도, 상처에 바르는 연고처럼 비가 우리 마음을 소강상태로 만들 것 같았다. 하지만 소령은 이런 희망을 재빨리 꺾어버렸다. "부친께서 기다리고 있습니다." 정말이지 숨 돌릴 새도 없었다. 어머니를 위해 울 틈도 없이 연한 종아리에 생채기를 내며 매번 새로운 장애물을 넘어야 했다. 멍하게 넋 놓고 있을 틈이 조금도 없었다. 생각도, 추론도, 차분히 검토할 수 없는 지성도 결코 허락되지 않았다. 그저 고문의 연속이었다. 벌어진 상처에서 피가 흐르고 있었다.

"지금이 좋을 것 같군요. 변호사가 온다는 연락을 받았습니다." 그가 전화를 끊은 뒤 말했다.

레아의 의견을 묻고 우리는 수락했다.

우리는 다소 어두운 취조실에 극도로 조심스럽게 들어가 그가 올 때까지 가만히 앉아 있었다. 가시방석이 따로 없었다.

'나는 이제 그 사람을 증오해. 모든 게 자기 위주로 돌아가야 했고, 자기 욕구가 최우선이었으며, 질투심을 억제하지 못해 어머니를 지옥에 빠뜨리고 끝내 목숨을 앗아간 그 사람을 증오해.' 나는 속으로 생각했다. 이처럼 기묘하고 고요한 기다림 속에서 시간을 거슬러 올라가다 보니 이 증오가 더 멀리서 왔음을 깨달았다. 물론 그것은 증오보다는 적개심, 거리감, 몰이해에 가까웠고, 어쨌든 그런 감정들은 부자간의 정상적인 감정은 아니었다.

내가 아주 어렸을 때 그는 진정 아버지다웠던가? 나와 놀아주었나? 한 번이라도 내 아침밥을 챙겨준 적이 있었나? 내가 아침에 뭘 먹었는지 알기나 했을까? 내가 옷 입는 것을 도와준 적은? 나를 학교에 바래다줬던가? 그런 기억은 하나도 없었다. 여덟 살 때 춤을 배우고 싶다고 했을 때, 지지해 주었나? 아니, 오히려 나를 좌절시키고 나를 비웃었다. 내가 콩쿠르에 합격했을 때 축하해주었나? 아니다, 축구를 하는 아들이 더 좋다고 외쳤다. 내가 파리로 떠나고 나를 보고 싶어했을까? 아니다, 내가 수백 킬로미터 떨어져 있다는 사실이 그에게는 아무 문제가 되지 않았다. 오히려 성가신 존재가 떠났으니 더 자유롭게 행동할 수 있었다(그는 이 집의 유일한 남자였고, 멋대로 굴었다. 나중에 그걸 깨닫자 끔찍한 기분이 들었다). 우리는 남남이나 마찬가지였고, 아무런 대화도 나누지 않는 데 익숙해졌다.

그가 우리 앞에 모습을 드러냈고, 나는 즉시 그의 눈빛을 읽었다. 구타당한 개 같은 눈빛으로 어쩔 줄 모르는 그 표정은 '미안해, 용서해줘'라고 말하고 있었다. 나는 레아가 한 말을 떠올렸다. 그는 어머니에게 따귀를 때릴 때마다 사과했다. 바로 이런 눈빛으로 어머니를 보았겠지. 그의 눈빛은 완전히 거짓되고 날조되고 꾸며낸 것처럼 보였다. 증오심만 솟을 뿐이었다.

반면에 레아에게 ─ 그 순간의 느낌은 수년이 지나며 훨씬 분명해졌다 ─ 상황은 훨씬 더 복잡했다. 사건이 일어나기 전까지 그는 여전히 평소의 아버지였고, 동생은 그에게 애정을 느꼈고, 그도 애정을 표현했고, 때로는 선물도 주었다. 분명 그의 폭력성이 폭발해 레아를 혼란에 빠뜨리고 경계하게 만들었지만, 그는 그런 것쯤 모든 부부가 으레 하는 어른들의 다툼일 뿐이라고, 아무것도 아니라고 설득하는 법을, 레아의 마음을 되돌리는 법을 누구보다 잘 알았다. 단 몇 초 만에 그가 돌이킬 수 없는 일을 저지른 괴물이 되었다는 사실이 동생의 모든 기준을 송두리째 뒤흔들었다. 동생은 그를 원망하고 그로 인해 상처받았지만, 그들을 이어주는 모든 것, 여전히 그들을 한데 묶어주는 모든 것을 강물에 던져버리는 게 쉽지 않았다. 바로 그런 모순이 레아를 망가뜨렸다.

앞에 앉은 그는 우리 손을 만지고 싶어하며 팔을 뻗었다. 동생과 나는 둘 다 팔짱을 끼며 뒤로 물러났다. 레아가 잠시 망설이기는 했지만 말이다.

우리는 그와 짧은 시간을 보냈다. 곧 변호사가 나타날 예정이었다. 내게 중요한 것은 레아의 양육권을 할아버지에게 넘기기 위한 동의를 받아내는 것이었다. 베르디에의 말이 옳았다. 그는 거부할 권리가 없다고 느꼈고, 우리는 동의를 받았다.

동의하기 전, 그는 자신이 '이 모든 상황'을 원치 않았으며, 상황이 자신이 통제할 수 없는 지경이 되었고, 자신이 무슨 짓을 하고 있는지 알지 못했으며, 그것은 '끔찍한 사고'였다고 우리에게 말했다.

끔찍한 사고, 17개의 자상.

또한 어머니가 그를 떠날 계획을 세웠고, 그래서 돌아버렸다고 확인해주었다. 한마디로 어머니의 잘못이었다.

나는 자리에서 일어났고, 레아가 뒤따라 일어나도록 했다.

35

이틀 후 마침내 어머니를 만날 수 있었다. 어머니는 영안실 관에 누워 우리를 기다리고 있었다.

우선 신원을 표시하는 카드가 붙은 문을 통과해야 했다. 장례식장 문에 자기 이름이 붙은 채로, 삶은 이렇게 끝나는구나 하는 생각이 들었다. 어제는 다른 이름이 있었고, 내일은 또 다른 이름이 붙어 있을 거라고 생각했다.

방은 좁고 어둠침침했다. 바다 풍경을 담은 포스터가 벽에 걸려 있었는데, 차분한 분위기를 자아내기 위해서인 것 같았다. 벽을 따라 고인을 생각하며 밤샘할 수 있도록 플라스틱 의자들이 나란히 놓여 있었다. 무용수가 없는 옛날 연회장 같았다. 중앙에는 관이 놓여 있었고, 우리는 춤추지 않을 것이었다.

장의사들은 훌륭하게 일을 완수했다. 비록 어머니 안색은 납빛이었지만 편안해 보였다(영안실에서는 신원을 확인하는 게 목적이라 자세히 볼 새가 없었다). 안도감이 들었다. 최후의 순간 느꼈을 공포와 고통을 어머니 얼굴에서 보게 될까 봐 두려웠기 때문이다. 이것은 화장술의 기적일까? 아니면 어머니가 죽음 안에서 일종의 해방을 찾은 걸까?

어머니는 가슴, 복부, 팔, 심지어 목까지 난 자상을 가리는 연한 색 블라우스를 입고 있어서 매섭게 몰아친 폭력과 부검으로 인한 손상을 짐작할 수조차 없었다. 이 블라우스가 어디서 왔는지 모르겠다. 물어볼까 했지만 결국 단념했다.

나는 레아가 또다시 멍한 얼굴로 어머니 옷 앞에서 머뭇거리는 것을 알아차리고 걱정이 되었다. 이렇게 반복적으로 나타나는 레아의 멍한 시선이 현실 세계에서 자기 자신을 보호하기 위해 스스로 한발 물러나는 것이라고 치부하고 싶었지만, 무언가 다른 것일 수도 있다는 생각에 두려움이 일기 시작했다.

우리는 나란히 앉았다. 침묵 속에서 나는 오직 그 순간의 공포에서 벗어나기 위해 추억을 꺼내보려 했지만, 어떤 추억도 떠오르지 않았다. 아니, 이것은 완전히 정확한 표현은 아니다. 이미지들은 나타났다가 증발하듯 곧바로 사라졌다. 시체의 이미지가 다른 모든 이미지를 압도했다.

사람들이 장례식장을 하나 둘 다녀가고, 친척, 친구, 심지어 시장까지(하지만 친할머니에게는 오지 말라고 했다. 부당하다고 생각할 수 있겠지만 그렇게 했다) 모두가 우리에게 조의를 표했다. 나는 그들이 보여준 동정심이나 슬픔보다 무력감에 더 놀랐다. 그들은 우리 앞에서 어찌할 줄 몰랐다(속으로는 이해가 됐다). 그들을 안심시키려고 우리는 억지 미소를 지었다.

무거운 침묵 속에서 옷이 바스락거리는 소리, 웅얼거림, 억눌린 흐느낌만이 간간이 들려왔다. 때때로 타일 바닥 위에서 의자 삐걱대는 소리가 들려왔다.

잠시 후 한 남자가 나타나 관을 닫아도 되는지 물었다(우리는 아마도 장례식장을 비워줘야 했을 것이고, 5분 정도 묵상할 시간이 있었다). 어머니에게 작별 인사를 하고 싶다면 '지금'이었다. 레아가 먼저 일어나 죽은 어머니의 이마를 만졌다. 동생은 놀란 얼굴로 나를 보며 말했다. "딱딱해. 돌 같아." 나는 할 말을 찾지 못했다.

우리는 길을 내어주기 위해 옆으로 비켜섰고, 관 뚜껑이 완전히 닫히기 직전, 우리가 어머니를 마지막으로 보는 것이며 다시는 볼 수 없을 거라는 생각을 떨칠 수 없었다. 물론 여전히 사진과 추억이 남아 있고 나중에 추억들이 떠오를 테지만, 결코 예전과 같지 않을 것이고 어머니의 존재는 더는 없을 것이다. 두 번 다시는. 그 순간 누구나 같은 생각을 할 거라고 생각했지만, 전혀 위로가 되지 않았다. 레아의 손이 내 손 안에서 얼어붙었다.

관 뚜껑에 어머니의 성과 이름, 생몰년이 적힌 명판이 눈에 띄었다. 마치 사람을 두 단어와 두 숫자로 요약할 수 있는 것처럼. 그것들이 웃음, 희망, 포옹, 춤, 환멸, 두려움을 담을 수 있는 것처럼 말이다.

36

추도식에 대해서는 별로 기억이 나지 않는다. 신부님의 설교도 거의 귀에 들어오지 않았다. 사람들은 신부님의 설교가 감동적이고 담담했다는 말로 나를 안심시켰다.

나는 아무 말도 하지 않았고 레아도 마찬가지였다. 어머니에게 마지막 인사를 하고, 마음에 담은 말을 꺼내고 고인을 떠나보내기 위해 한마디 하라고 했지만, 우리 힘 밖의 일이었다. 아마도 우리를 위해 간직하고 싶었던 것 같다. 어머니에 대해 이야기하는 것은 어머니를 조금 더 잃는 것이었다.

그래서 할아버지가 추도사를 읽었다. 나는 할아버지의 강직함, 위엄, 움츠리지 않으려 애쓰던 모습이 떠오른다. 할아버지는 안간힘을 썼지만, 특별할 것 없는 문장을 읽다 목소리가 갈라졌고, 다시 마음을 가다듬고 거친 숨을 몰아쉬었다.

그러는 사이 내 시선은 관에 붙어 있는 사진에 붙박여 있었다. 2년 전 아르카숑 해변에서 찍은 사진이었다. 바람 때문에 오른쪽 뺨에 머리카락이 흩날렸고, 어머니는 미소를 짓고 있었다. 그 뒤로 저 멀리 모래밭에 누운 피서객들과 팔을 뻗어 연을 날리는 10대 소년의 흐릿한 모습이 보인다. 나는 그 무사태평한 순간에 매달렸다. 이제는 그것이 눈속임일 뿐임을 알지만 나는 그걸 믿어야 했다.

레아는 스테인드글라스를 바라보고 있었다. 천사들, 혹은 유리에 반사된 것을 줄곧 보는 걸까? 아니면 아무것도 보지 않고 있는 걸까?

미사가 끝났을 때 서늘한 타일 위로 햇살이 들어와 퍼져나갔고 구석에서 등장한 남자 네 명이 힘차고도 부드럽게 관을 들어 운반했다.

그 뒤를 따르려고 일어섰을 때 정말로 군중이 눈에 들어왔다(들어올 때는 정신이 없어서 주의를 기울이지 못했다). 대부분 누군지 모르는 선량한 사람들의 무리가 똑같이 연민어린 얼굴을 하고 있어서 모든 얼굴이 한데 섞였다. 군중의 수가 그들이 놀란 정도를 나타내는 것 같았다. 벌어진 사건이 그들의 삶과 그들이 살고 우리가 사는 도시에 일어날 법하지 않다는 말은 정확하다. 사람들은 블랑크포르처럼 평화로운 곳에 그 같은 재앙이 일어난 까닭을 궁금해했지만, 그건 답이 없는, 부질없는 물음이었다.

〈분명히Évidemment〉라는 제목의 곡이 성당에 울려 퍼지는 동안 우리는 관을 따라 통로를 걸었다. 프랑스 갈France Gall의 노래였다. 레아는 "엄마가 너무 좋아했던" 노래를 틀고 싶어했다.

이런 노랫말이다. "우리 안에는 쓴맛이 있어/ 모든 것 안에 있는 먼지의 맛과 같아/ 그리고 어디나 우리를 따라다니는 분노가 있지." 이런 부분도 있었다. "우리는 여전히 웃어/ 실없이 웃어/ 아이들처럼/ 하지만 예전과 같지 않지." 잊고 지내던 노랫말이 내게 끔찍한 고통을 안겨주었다.

안치 절차와 관련해서도 기억에 남아 있는 게 많지 않다. 무덤들 가운데, 회오리바람에 흩날리는 낙엽 속에 서 있던 사람이 내가 아닌 다른 사람인 양, 나와 닮았지만 내가 아닌 젊은 남자는 몸과 껍데기에 불과했다. 빈번히 일어나는 이런 분리는 자신을 보호하기 위한 수단이다. 반대로 머리를 어지럽게 했던 짙은 꽃향기와 백합 향기만이 떠오른다.

어머니는 외할머니 바로 옆에 묻혔다. 할아버지가 25년 전 아내를 잃고 자신을 위해 구입한 자리였다. 그곳은 딸에게 넘겨졌고, 할아버지는 딸에게 그것을 주었으며, 그의 인생의 두 명의 여자가 지하 묘소에 다시 모였다. 그것은 끔찍하면서 아름다웠다.

그러고 나서 모여 있던 사람들이 소리 없이 천천히 흩어졌다. 우리 셋은 열린 무덤, 한 줌 흙이 던져진 관 앞에 남아 있었다. 나는 어떤 안도감도 느끼지 못했다. 오히려 가을의 차고 짙은 첫 안개 속에서 이제 막 몰락이 시작되었음을 명백하게 자각했다.

37

어쨌든 할아버지는 삶이 전처럼 계속되는 듯 보이게 하려고 조처했다.

그에 앞서 레아가 바라는 것이 무엇인지 세심히 물었다. 비극의 현장에서 멀리 떨어져 다른 곳에서 새출발을 하고 싶은지? 아니면 태어나고 자란 곳에 머물고 싶은지? 할아버지의 질문에 레아는 친구들과 헤어지는 건 너무 마음이 아파서 힘들 것 같다며, 기댈 수 있는 이들과 자신이 기댈 수 있는 지표가 필요하다고 말했다. 할아버지는 블랑크포르에 새 집을 구하는 일이 자신에게 달렸다고 결론 짓고 곧바로 실행에 옮겼다. 단 며칠 만에 호수에서 무척 가까운 곳에 가구가 딸려 있으며 저렴하고 편리한, 자신과 손녀 그리고 주

말에 찾아올 나를 위한 방 세 개짜리 아파트를 찾았다. 그리고 얼마 후 할아버지는 필요한 돈을 마련하고 여러 의미에서 우리를 보호하기 위해 아무 말 없이 베르주락에 있는 집을 매물로 내놓았다. 할아버지는 오랜 친구에게 "이 오두막집에 정이 들기야 했지만, 내 손주들에 비하겠나? 살다 보면 뭘 해야 하는지 알게 되는 순간이 있지"라고 털어놓았다.

그러나 거처만으로는 충분하지 않았다. 더욱이, 할아버지의 훌륭한 품성과 관대함, 헌신에도 불구하고, 할아버지는 어머니가 아니었고 어머니를 대신할 수도 없었다. 나도 어머니를 대신할 수 없다. 이런 상황에서 레아를 보살피고, 새로운 조합으로 기이하지만 어쩌면 확실한 쉴 곳을 제공하기에 할아버지와 나만으로는 충분하지 않을 것이다. 동생에게 필요한 것은 안전이다. 그리고 무한한 애정이다. 어쨌든 나는 그렇게 확신했다. 그래서 사직서를 제출했다.

(할아버지를 비롯해) 많은 사람들이 오페라 발레단을 떠나지 말라고 나를 설득했다. 입단하기까지 무던히 노력했고, 많은 이들이 실패한 지점에서 성공했으며, 부러움을 사는 자리를 차지했으니까. 나는 젊었고, 꾸준히 노력하면 결

국 수석 무용수로 임명될지도 모른다. 나는 내 몸을 조각하고, 유연성과 우아함을 체득하고, 같은 몸짓, 같은 움직임, 같은 스텝을 반복하며 실패하고, 부상을 입고, 더러는 피 흘리고, 다시 시작하고, 넘어지고, 다시 일어나고, 무리 가운데 눈에 띄기를 바라며 사람들 사이에서 춤을 춘 지난 시간들을 하나하나 떠올린 다음 마법의 석판처럼 모든 것을 지웠다.

사람들은 내게 재능이 있다고 단언했다. 학교에서도 발레단에서도 그런 말을 들어보지 못했음을 깨달았다. 아마 그런 말을 듣고 싶었을 것이다. 다행히 어머니는 내게 그 말을 반복해 해주었다. 그것은 나를 사랑한다고 말하는 어머니만의 화법이었다.

이렇게 목표를 포기하고 어린 시절의 꿈을 접는다면 평생 나 자신을 원망할 것이다. 다들 그렇게 말했고, 나도 그렇게 생각했던 것 같다. 그렇다. 오래전 망상에 젖어 미친 희망을 갖고, 이상을 품고, 바로 그 망할 희망 덕분에 조롱과 모욕, 좌절과 피로를 이겨낸 어린 소년이 있었다. 그 소년은 자라서 태양 가까이 다가갔다가 이렇게 끝나버렸고, 날개를 접고 집으로 돌아갔다. 후회에 사로잡히지 않기 위해 그 소년은 날개를 태워버렸다고 자기 자신을 설득할 수 있을 것이다.

사람들은 끔찍한 시련을 이겨내고 자기 자신을 일으켜야 한다고, 그러려면 극단에서, 일정한 틀 안에서 직업이나 좋아하는 일을 하는 것이 최고라고 조언했다. 그들의 분석에 동의했지만 내게는 선택의 여지가 없었다. 선택의 여지가 없을 때 이것저것 따져본들 무슨 소용일까?

나의 모든 흔적이 사라진 내 원룸, 마지막으로 본 파리의 하늘을 향해 난 지붕창, 닫힌 문, 렌트한 트럭에 쌓여 있던 보잘것없던 상자들을 잊지 않았다. 지롱드 지방으로 돌아오는 데 일곱 시간이 걸렸다. 마지막 인사를 하기에 긴 시간은 아니다.

나는 보르도에 있는 무용학교에 일자리를 얻었다. 내 나이는 어렸지만 11년 전 내가 그랬듯 예닐곱이나 여덟 살에 무용을 시작하는 아이들을 가르치게 되었다. 첫날 수업에 온 아이들을 보자 눈물이 핑 돌았다.

나는 결코 빌리 엘리어트가 되지 못할 것이다.

38

내가 돌아오고 얼마 지나지 않은 어느 날 아침 — 우리는 이제 새 아파트에 정착했고, 피폐해진 가운데에서도 버텨 보려 애썼다 — 나는 집을 나서면서 맞은편 건물 밑 인도에 서 있는 부모님의 친구를 알아보았다. 나는 그를 잘 몰랐다. 우리는 부모의 친구들을 잘 모르고, 그다지 관심도 없다. 나는 멀리서 그에게 인사했고 그는 살짝 손을 흔들었다. 공원 쪽으로 걸어가면서 나는 그가 충격받은 모습으로 장례식에 왔던 일을 기억했다. 발걸음을 재촉하며 그 생각을 머리에서 지웠다. 다시 달리기를 시작하기로 결심했다. 조깅을 하면 좋을 것이고, 머리가 맑아질 것이고, 몸이 지칠 것이다.

다음 날 또다시 그 사람이 — 파트릭이라는 이름이 갑자기 떠올랐다— 우리 집 앞에 서 있는 것을 보고(그는 사람들에게 수소문해서 이사한 새 주소를 알게 되었다고 말했다. 정말이지 좁은 세계였다) 나는 그가 우연히 그곳을 지나던 중이 아니었음을 직감했다. 그의 당혹감과 그것을 감추고 싶은 마음을 분명히 봤다. 착각이 아니었다. 그가 여기 있는 것은 우연이 아니었다.

그럼에도 그는 처음에 자신이 근처에 산다고 거짓말을 했다. 그러다 결국 마음에 '짐'이 되는 이야기가 있다고 했다. 1년 전 어느 늦은 저녁이었다. 이유는 기억나지 않지만 그는 우리 집 앞을 지나가다 불 켜진 창문으로 부모님이 싸우는 모습, 아버지가 어머니를 붙잡고 목을 졸랐다가 놓는 모습을 보았다. 그는 깜짝 놀라 인도에 멈춰 섰고 겁에 질리기까지 했다. 초인종을 눌러야 했을까? 이미 자정이 넘은 시각이었다. 자신이 제대로 본 것일까? 순식간에 일어난 일이었고, 그는 술을 조금 마신 상태였다. 그리고 그건 불가능한 일이었다. 그들은 친구였다. 물론 프랑크는 성질이 사납고 심하게 화를 내기도 했다. 그러나 아내에게 손대는 것은 상상할 수 없는 일이었다. 물론 한동안 부인의 안색이 좋지 않았지만, 세상에 웃지 않을 이유는 많다. 궂은 날씨, 월말, 속 썩이는 아이들… 이유는 차고 넘치니까. 어쨌든 그는 다음 날 우리 아버지에게 이 문제에 관해 얘기해보려고 예고 없이 찾아왔다. 그러나 평온해진 집 안 분위기에 감히 말을 꺼내지 못했다. 하지만 눈치채지 않을 수 없었다. 어머니가 목에 스카프를 두르고 있었는데, 지금껏 본 적 없는 모습이었다. 목이 졸린 자국을 감추려는 것일까? 그는 집을 나오면서 어머니에게 바보 같은 문자를 보냈다. '안 좋아 보이던데, 괜찮은 거 맞아?' 그는 화면에 뜬 세 개의 작은 점을 보고 어머니가 답장을 쓰다가 그만두었다는 것을 알았다. 결국 답장은 받지 못했다.

그는 이렇게 말했다. "괜찮은지 물었을 때 답이 없다면 그 사람은 괜찮지 않은 거야." 그러나 그는 다시 묻지 않았다.

그 후 몇 달 동안 그는 점점 더 뜸하게 나의 부모를 만났고, 마트에서 마주쳤을 때도 어떤 '특별한' 것을 눈치채지 못했다. 결국 파트릭 아저씨는, 실제로 그렇게 믿지는 않았지만, 자신이 착각했던 게 분명하다는 결론을 내렸다. 혹은 상황이 나아졌다고. "그럼 그렇지." 그날 싸움은 지극히 예외적인 일이었는데 자신이 재수 없게 목격했던 거라고 말이다.

이제 그는 '후회'하고 있었다. 끼어들지 않고, 추궁하지 않고, 어머니를 보러 더 자주 오지 않은 것을 후회했다. 아버지의 기분 변화를 대수롭지 않게 여긴 것을 후회했다. 그가 쓸쓸하게 말했다. "친구이지만 항상 그가 좀 무서웠다. 왜 그럴까 궁금했는데, 이제는 알겠구나."

예심 판사에게 이 이야기를 증언해줄 수 있겠느냐고 묻자 그가 대답했다. "원한다면. 그런데 그런다고 뭐가 달라지겠니?"

그날 늦게 나는 파트릭 아저씨의 소극성과 양심과의 타협에 대해 다시 생각해보았다. 그건 바로 나의 것이기도 했다.

39

파트릭 아저씨와의 대화가 결정적이었다. 그 직후 나는 본격적으로 조사를 시작했다. 그러다 나는 아버지가 단지 소유욕이 강하고 편집증적이며 버림받을까 봐 두려워 화를 내는 게 아니었음을, 아버지가 흔히 말하는 자기애성 성격 장애에 가깝다는 것을 깨달았다.

이 개념을 이해하기가 그리 어렵지는 않았지만, 애초에 나는 그걸 뭐라 규정하든 관심이 없었다. 오로지 일어난 일과 그에 따른 처벌만이 중요했다. 게다가 그 말은 당시 잡지나 TV에서 자주 듣던 표현이었고, 나와는 관계없는 대화에서 심심찮게 들리던 표현이었다. 나는 그 말의 정확한 의미를 이해하려 한 적이 없었다. 전문가들의 의견을 묻다가 나는 아버지가 자기애적 성격장애를 규정하는 병리학적 지표에 대부분 해당한다는 사실을 알게 되었다. 내 기억이 그것을 뒷받침하고 있었다.

가령 그는 어머니가 자기의 전부라고 단언했는데, 생각해보면 정확한 말이다. 친구들을 질리게 만들어 세상에 홀로 남은 그에게 어머니는 전부였고, 그의 질투심은 그가 얼마나 터무니없이 어머니에게 집착하는지 보여주었다. 그러면서도 어머니를 대놓고 무시했다. "당신은 이해 못 해", "당신이 뭘 알아?", "그건 남자들 일이야'라는 식의 말을 자주 했는데, 어머니는 반박하기도 지겨워졌는지 아니면 그의 말에 동조해서인지 모르겠지만 이내 포기해버렸다. 그러면 그는 한발 더 나아가 어머니를 모욕했다. 레아는 그가 어머니 면전에 대고 한 끔찍한 말들을 전해주었다. "처음 만났을 때 당신은 고아였어." "〈텔레 세트 주르〉*를 할매들에게 파는 건 모자란 여자나 하는 거지." 조롱받은 희생양이 눈물 흘리면, 아버지는 "요란 떨지 말라"면서도 "그럼에도" 자

---

*Télé 7 Jours, 텔레비전 프로그램 잡지.

신은 어머니를 아낀다고 단언했고, 이 동정의 말에 어머니는 희미한 미소로 답했다.

그는 또한 어머니 머릿속을 헤집는 법을 누구보다 잘 알고 있었다. 어머니가 확신에 차 무언가 말할 때마다 그는 "얼씨구!", "확실해?"라고 묻고는, 말도 안 되는 이론을 그럴듯한 장광설로 뻔뻔하게 내세웠다. 어머니는 결국 혼란스러워하며 그의 의견에 동조했다.

아내에게는 가혹한 그였지만 딸에게는 곧잘 다정했다. 어머니는 그런 말을 기대하는 사람들에게 그가 '좋은 아버지'라고 장담하듯 말하지 않았던가? (그가 내게 보인 멸시에 대해서는 함구했다. 남들 앞에서 체면을 세우기 위해서였을 것이다.) 그리고 다른 사람들, 외부 세계의 사람들, 바깥의 사람들을 홀렸다. 그는 재미있고, 개성 있고, 호감 가는 사람이 되는 법을 알고 있었다. 연기를 잘했다. 그는 이미지 관리를 위해 사람들이 듣고 싶어하는 말을 하는 재주가 있었다. 그의 이중성을 아는 사람은 어머니뿐이었기에, 어머니는 그것을 증명할 수 없었다. 그것은 아버지의 말과 어머니의 말이 대립하는 것이었다. 그리고 사람들은 언제나 그의 말을 믿었다.

이 모든 게 한데 모여 적어도 질투심의 폭발만큼 어머니를 무너뜨리는 데 일조했다. 이 모든 것 때문에 어머니는 그를 떠나겠다고 협박했고, 그 협박은 치명타를 유발했다.

40

레아의 불면증이 시작되었다.

우리는 서로 상의하지 않고도 효과적이라고 생각되는 전략을 세웠다. 우리끼리는 절대로 비극에 대해 말하지도, 사건을 떠올리지도, 언젠가 시작될 재판에 대한 언급조차도 하지 않는 것. 우리는 대신 평범한 것에 집착했다. 날씨, 쇼핑, 저녁 식사 준비, 개봉 영화, 학교에서 벌어진 일들이 대화의 주제였다. TV에서는 드라마나 예능 프로그램만 보고, 뉴스는 절대로 보지 않았다. 이러한 현실 도피의 결과는 분명 참담할 터였다. 그럼에도 당분간 우리가 기댈 것은 회피와 기피뿐이었다.

그런데 레아의 수면 장애가 나타난 것이다.

레아는 밤마다 비명을 지르며 깼고, 나는 동생 방으로 뛰어갔다. 처음에 레아는 별일 아니라고, 처음 꾼 꿈이 아니라고, 어릴 때부터 꿨던 악몽이었다는 말로 나를 안심시켰고, 내가 꿈 이야기를 해달라고 하면 보통 꿈이 그렇듯 잘 생각나지 않는다고 말했다. 나는 레아가 내게 걱정 끼치지 않으려고, 혹은 자세한 이야기를 하지 않으려고 거짓말한다고 생각했다. 가끔 더 끈질기게 물으면 동생은 더 굳게 입을 닫았다.

결국 나는 정신과 의사를 찾아가 조언을 구했다. 파트릭 모디아노 소설에 나올 법한 분위기의 50대 의사는 어딘지 옛스러운 분위기를 풍겼고, 블랑크포르에 자리한 진료실 간판은 사립탐정 사무소나 점을 보러 가는 곳을 연상시켰다. 분명 나의 선입견이나 무지 때문이었을 것이다. 그는 내게 이렇게 말했다. "확실히 말씀드리기 위해서는 동생분을 직접 만나야 합니다. 하지만 설명하신 바에 따르면 동생분이 살인 현장을 떠올리고 있을 가능성이 꽤 높습니다. 이것을 트라우마 기억이라고 하죠. 일반적으로 성폭력이나 근친

상간 후에 나타납니다. 또한 어떤 사람이 잔인하고 극단적인 사건에 직면했을 때, 특히 그것이 사랑하는 사람에 관한 것일 때, 이 기억은 압력솥처럼 곧 터질 지경이 됩니다. 동생분은 매번 똑같은 충격과 공포, 이해 불가한 상황과 무력감을 되새기고 있을 겁니다."

어떻게 해야 하느냐고 묻자 의사는 의자에 등을 기대며 "전문가의 진료를 받으면 도움이 될지도 모르죠. 동생분의 고통을 방치하면 상황이 더 악화될 수 있어요"라고 답했다. 의사의 말은 나를 깊은 혼란과 불안에 빠트렸다.

어느 날 밤 평소보다 심하게 울부짖는 소리를 듣고 그 이야기를 꺼내자 동생은 어깨를 으쓱하며 자기를 뭘로 보느냐고 물었다. 그렇지만 이번에는 방에서 나가는 나에게 수면등을 켜달라고 말했다. 유령을 무서워하는 게 확실했다.

이후에 또 다른 걱정스러운 징후들이 나타났다. 동생은 식사를 하거나 공원을 산책하다 말고 갑자기 말을 잃었다. 말을 하다 중간에 누가 대화 버튼을 꺼버린 듯 갑자기 입을 다물어버렸다. 우리와 함께 있지 않은 것 같았다. 레아는 의자 위에 놓인 인형이나 고장 나 작동을 멈춘 로봇 같았다. 정신과 의사는 이런 경우 동생이 잠시나마 현실을 벗어나려고 마음속 불을 끄는 걸지도 모른다고 설명했다.

현실에서 어머니는 묘지에 묻혀 있고, 아버지는 감방에 갇혀 있었기 때문이다. 현실에서 동생이 가장 사랑했던 사람이 죽임당했다. 지켜줘야 할 보호자에 의해 목숨을 잃었다. 우리가 아무리 평범한 일상을 만들려고 노력해도 결코 지울 수 없는 현실이었다.

그렇지 않으면 우리는 잠깐씩 자기만의 방식으로 입을 닫거나 눈을 감으며 도피했다.

어느 날, 아침 식사를 한 입도 넘기지 못한 레아가 마침내 털어놓았다. "뭔가 묵직한 게 계속 배를 누르고 있는 것 같아."

동생이 자신의 고통을 적어도 말로 표현하려고 했다는 사실에 이상하게 안도감이 들었다. 그리고 우리는 이 일을 겪어내야 한다는 것을 인정했다.

41

레아의 상황은 계속 악화되었다.

학교 성적이 떨어지기 시작했고, 할아버지와 나는 교장
의 호출을 받았다. 교장은 완고하지만 섬세한 사람이었고,
동생을 꾸짖으려는 의도는 없었다. 동생의 성적이 떨어진
이유를 모두가 알고 있었기에 교장은 우리를 불러 동생의
상태에 대해 이야기했다. 그는 동생이 집중을 못 한다고 설
명했다. 교사들은 동생에게 질문을 하다가 동생이 수업을
듣고 있지 않았다는 것을 깨달았다. 필기를 시켜도 동생은
펜을 잡지 않았다. 동생은 주기적으로 교과서를 깜박했다.
숙제 역시 '깜박했고' 늦게 냈다.

우리는 놀랐다고 털어놓았다. 집에서 공부할 때 동생을 살피고 지켜보았지만, 동생의 지각이나 태만은 눈치채지 못했음을 인정해야 했다. 지나고 나서야 우리는 무엇을 놓쳤고 망쳤는지 알게 되었다. 우리는 상심했고, 준비되어 있지 않았으며, 상황 또한 여의치 않았다. 그 점이 정상 참작의 사유가 될 수 있을지도 모른다. 그렇다고 우리에게 면죄부가 주어질까? 아니, 분명히 그렇지 않을 것이다.

그게 끝이 아니었다. 동생은 '사회공포증'을 보였다. (나는 사람들이 붙여준 용어를 그대로 쓰고 있다. 모든 것에는 공식, 이름표, 전문용어가 있었다.) 물론 동생은 친구 둘과 항상 붙어 다녔지만(그래서 우리는 착각했다), 학교 식당에서 외따로 떨어져 식사하자고 부탁하거나, 쉬는 시간에 다가오는 친구들을 내치고 운동장 구석에 앉아 있거나, 체육관에서 친구들이 옷을 다 갈아입고 자기 차례가 올 때까지 기다렸다. 우리는 레아가 우리에게 한마디 상의도 없이 수학여행에 참여하지 않겠다고 한 사실을 알고 당황했다. 동생에게 묻자 그저 "버스 타기 싫어서"라고 했다. 레아는 폐쇄적이고 거칠어졌다. 누가 만지면 소스라치게 놀라기도 했다.

그러고 나서 동생은 노트에 그림을 그리기 시작했다. 나는 어느 날 저녁 동생 방을 지나다가 우연히 그림 그리는 모습을 보았다. 동생이 급히 노트를 덮는 모습에 궁금해졌다. 다음 날, 나는 타인의 사생활, 특히 동생의 사생활을 존중해야 하는 규칙을 어기고 노트를 찾기 시작했다. 결국 옷더미 밑에 조심스럽게 숨겨둔 노트를 발견했다. 연필을 쥘 줄 모르는 아이들이 그렸다 지운 것 같은 커다란 검은 선이 빼곡했는데, 마구잡이로 그렸다 지운 선들을 자세히 들여다보니 괴물의 입 모양을 하고 있었다.

상황이 이렇게 되자 우리는 최대한 용기를 내 레아가 억지로라도 전문가를 만나도록 해야 했다. 할아버지와 나는 거실에 앉아 있는 동생 앞에 서서 아픈 게 아니라, "고통받고 있으니까" 상담을 받아야 한다고, 우리와 달리 동생의 말을 들어줄 수 있는 훈련받은 사람들이 있다고 말했다. 예상 외로 동생은 거부하지 않았다. 그 즉시 우리는 안도했다. 그러나 어떻게 보면 동생은 이미 자포자기 상태였다. 그저 우리를 기쁘게 해주려고, 아니면 거부할 힘도 없어서 받아들였을 것이다. 더 이상 중요한 건 없었다. 사실상 동생은 정신과 의사든 뭐든 신경 쓰지 않았다.

정신과 의사는 우리가 이미 알고 있는 진단을 내렸다. 레아가 외상 후 스트레스를 겪고 있다고. 그는 레아가 "별로 협조적이지 않다"고 강조하면서, 정기 상담을 제안했다. 그는 동생에게 항우울제를 처방했다.

프로작, 어머니와 같은 약이었다.

나는 생각했다. 열세 살에 프로작을 복용하는 아이들은 어떤 아이들일까? (그렇다. 레아는 빌어먹을, 아직 어린아이였다). 단 몇 초 만에 어린 시절이 망가진 아이들. 피비린내와 구타의 기억을 안고 자라는 아이들. 울지 않고는 소리내 '엄마'를 말할 수 없고, 전율하지 않고는 '아빠'를 말할 수 없게 된 아이들 말이다.

42

사건 발생 9개월이 지난 어느 밤, 레아는 가출했다.

아침에 일어났는데 동생이 방에 없고, 침대는 정리되지 않았고, 옷장에 옷 몇 벌이 빠져 있었다. 나는 곧바로 이해했다(한 번도 고려해보지도 않았고 이름 붙인 적도 없는 가설이 순식간에 현실이 된다는 이야기를 이해할 것이다).

나는 동생의 전화번호를 열 번, 스무 번 눌렀지만 즉시 음성 메시지로 넘어갔고, 조금도 나무라지 않는 내용의 문자 메시지를 정신없이 보냈지만 답이 없었다. 동생 친구들에게 전화를 걸었지만 하나같이 동생이 어디 있는지 모른다고 맹세했고, 나는 그 말을 믿었다. 아무도 행방을 모른다는 사실

191

에 더 걱정이 되었다. 동생은 속내를 털어놓는 친구들에게
조차 아무것도 알리지 않았고, 아무런 암시도 하지 않은 것
이다. 헌병대에 신고하자 사건을 맡았던 피에르 베르디에가
전화를 받았다. 그런 비극을 겪은 뒤에는 응당 가출하고 사
라지는 법이라는 듯 그는 별로 놀라지 않았다. 어쩌면 그 말
이 어느 정도 사실이라 해도 소령의 냉정함에 나는 여전히
당황했다. 그럼에도 그는 뭔가 용서받을 게 있다는 듯 반응
했다. 분명 그랬던 것 같다.

그렇게 기다림이 시작되었다.

기다리는 것은 끔찍하다. 팔짱을 끼고 있는 것 말고는 아
무것도 할 수 없다. 우리는 집 안을 빙빙 돌다가 결국 제자리
에 앉는다. TV를 켜지만 아무것도 눈에 들어오지 않고, 어
떤 소리도 귀에 들어오지 않고, 모든 게 뒤죽박죽되어 결국
TV를 끈다. 바람을 쐬러 발코니로 나가지만 안절부절못한
다. 뻐근한 다리를 풀어보려고 공원으로 산책을 나갔다가
이상한 죄책감에 사로잡혀 곧바로 돌아온다. 집에 돌아오는
길에 우리의 동요와 상실감이 겉으로 드러난 듯 모두가 우
릴 뚫어져라 본다는 인상을 받는다. 전화를 놓쳤을 리 없지
만 1분마다 액정화면을 들여다본다. 무력감이 곧 감옥이라

는 것을 깨닫는다.

그리고 이 기다림 속에서 우리는 거의 규칙적인 간격으로 순수한 고뇌에 휩싸이고 점점 더 높은 파도에 부딪히는 느낌을 받는다. 상상력이 미친 듯 날뛰기 때문이다. 가출한 레아는 어떻게 이동했을까? 동생은 운전을 할 수 없고 무일푼이나 다름없다. 걸어서? 동생이 만에 하나 차에 치였다면? 위험한 길을 택했다면? 히치하이킹을 했다면? 나쁜 사람이라도 만났다면? 버스를 탔다면? 어디로 가려고? 무임승차로 기차에 탔다면? 밥은 어떻게 먹지? 목이 마르면 어떻게 하지? 생리적 욕구를 해결해야 하는 순간은 어김없이 찾아올 텐데…. 질문들이 핀볼처럼 날아다니며 충돌한다. 뇌리에 남아 나를 가장 괴롭히는 질문은 '레아가 가출로 무엇을 찾으려 하는지'였다. 꺼져버리려고? 우리에게 뭔가를 말하려고? 불행에서 벗어나기 위해? 압박과 무기력에서 벗어나려고? 다 끝내려고?

끝내려고.

이 질문에 이르자, 미칠 지경이었다.

36시간 지나고 내 전화가 울렸다.

레아였다.

동생은 그저 "나 필라*에 있어. 데리러 올 수 있어?"라고
말했다 나는 할아버지 차에 올라 아르카숑으로 향했다. 헌
병대에 알릴 새도 없었다. 중요한 것은 동생이 무사하고 우
리에게 돌아왔다는 사실이었다.

목적지에 도착한 나는 동생이 알려준 곳에서 동생을 쉽게
발견했다. 동생은 비가 부슬부슬 내리는 인적 드문 해변을
따라 난 벤치에 앉아 있었다. 질문을 퍼붓고 싶었지만 아무
말도 하지 않고 동생 옆에 앉았다. 동생은 멀리 지평선을 바
라보며 입을 열었다. "바다가 보고 싶었어. 아무도 없을 때
바다가 예쁘거든." 나는 침묵을 지켰다. 동생은 추억을 떠올
렸다. "엄마랑 여기 왔던 거 기억해? 모래언덕 위로 올라갔
잖아." 뜨거운 모래에 찍힌 우리의 발자국, 땀, 가쁜 숨, 쾌
활함, 그리고 정상에 도달했을 때 두 팔을 뻗은 모습이 쉽게
떠올랐다(아버지는 없었다). 레아는 나보다 더 잘 기억하고
있었다. "아래로 내려와서 와플을 먹었잖아." 내가 미소 지
었다. 동생이 덧붙였다. "이제는 와플 못 먹겠어."

* Dune du Pilat. 프랑스 남서부에 위치한 거대한 모래언덕. 아르카숑에
서 가깝다.

결국 벤치에서 일어났다. 차를 세워둔 주차장으로 가는 길에 동생은 소나무 아래 옹기종기 모인 별장들을 바라보며 말했다. "저 사람들은 분명 행복하겠지." 우리는 블랑크포르로 돌아왔다.

43

그 뒤로 얼마 지나지 않아 나는 집으로 돌아갈 수 있었다. 경찰이 마침내 폴리스 라인 해제를 승인했고, 1년 가까운 시간이 걸렸다.

같이 집에 가고 싶으냐고 물었을 때 동생이 거절하자 나는 안도했다.

열쇠를 자물쇠에 밀어 넣었고—바보처럼—문이 열리자 나는 당황했다. 나는 최대한 조심스럽게 현관문을 열었다. 무슨 불경죄라도 저지르는 것 같았다. 아니면 모든 것이 무너질까 봐 겁이 났는지도 모르겠다. 부패가 확산됐다고 상상했기 때문이다.

현관에서 거실 쪽으로 가보기로 결심했다. 오자마자 기절하지 않기 위해서였다. 난장판이 된 실내를 보고 깜짝 놀랐다. 당시 경찰이 수사에 필요하다는 듯, 아무것도 모른다는 듯 집을 사정없이 뒤졌음을 깨달았다. 싱크대 서랍들은 열려 있었고, 청구서들은 이리저리 흩어져 있었다. 그 후로 청소는 고사하고 정리하러 온 사람도 없었다. 퀴퀴한 냄새가 메스꺼워 창문을 활짝 열었다. 화분에 심긴 제라늄이 기적처럼 꽃을 피웠다. 2층으로 올라가자 뒤집힌 매트리스와 텅 빈 옷장이 눈에 들어왔다. 레아의 방에는 옷 몇 벌, 작은 여름 드레스, 디즈니 미니 캐릭터가 그려진 티셔츠, 수선한 청바지가 바닥에 널려 있었다. 내 방에는 책들이 흩어져 있었다. 나는 루돌프 누레예프* 자서전과《폭풍의 언덕》문고판을 보았다. 우리의 일부가 바닥에 흩어져 있었다.

　나는 천천히 부엌으로 내려갔다. 마음의 준비를 했지만 나도 모르게 뒷걸음질했다. 넘어지지 않으려고 칸막이에 등을 기대고, 타일 위, 벽 위, 방수 식탁보 위로 시간이 지나 검게 변한 핏자국의 향연을 보고 견디기까지 했다. 경찰은 사건 현장을 그대로 두고 떠났다. 그들은 나에게 열쇠를 줄 때 그런 사실을 말해주지 않았다.

*빈 국립 오페라 발레단 안무가.

197

그렇게 모든 것이 어머니의 심장과 함께 멈췄고, 어머니의 시체를 옮기며 모두 얼어붙었고, 모두 화석이 되었다.

그래서 과거에 사로잡히지 않을 수 없었다.

나는 이 식당에서 보낸 즐거운 아침 식사 시간들을 생각했다. 식탁 위 각자 자리에 그릇을 놓고, 핫초콜릿을 따르고, 빵을 굽고, 잼을 꺼내고, 졸음이 가시지 않은 얼굴로 우리를 보고 미소 짓던 어머니의 모습을 떠올렸다. (아주 솔직하게 말하자면, 아버지가 이 기쁨에 일조했다고 이야기해야 하겠다. 아버지는 종종 장난스러운 모습으로 식탁 주위를 돌며 잡기 놀이를 시작했고, 놀이는 거실로 이어졌다. 아버지는 계단을 올라갔다가 다시 현관 쪽으로 내려와 복주머니처럼 가벼운 동생의 가냘픈 몸을 붙잡아 공중으로 번쩍 들어올렸고, 동생은 깔깔대며 웃었고, 나도 미소를 지었다. 이 이야기 때문에 구토가 나올 것 같다.)

별로 가깝지 않은 친구들까지 초대해 끝없이 이어지던 왁자지껄한 저녁도 있었고, 밤이 금세 내려앉아 TV 소리 말고는 아무 말도 들리지 않았던 저녁도 있었다. 그 시간은 실제로 존재했고, 내가 꿈꾼 게 아니었다.

냉장고에 있는 음식들은 썩어서 검게 변했고 지독한 악취를 풍겼다.

나는 당장 비극의 흔적을 지우고 싶었다. 유통기한이 지난 음식과 헌 물건, 헌 신문지, 싸움으로 깨진 접시들, 온갖 잔해물을 쓰레기봉투에 넣었다. 물건들을 추억과 연결하지 않으려고 애쓰면서 —내게는 가장 어려운 일이었다— 버리고 또 버렸다.

그런 다음 양동이며 대걸레, 빗자루, 수세미, 가재도구, 표백제를 찾아 닦고 문지르고 비비고 광을 냈다. 평소와 달리 열심히 모든 방을 차근차근 정리했다. 이 장소에서 어떤 비극도 일어나지 않은 듯 보여야 했고, 레아가 소지품이라도 챙기러 왔을 때 과거가 동생의 숨통을 조이지 않게 해야 했다.

얼마 안 가 관심 있을지도 모르는 사람들을 위해 길가와 차고에서 물건들을 팔고 나머지는 폐기장에 버린 뒤 부동산 중개인에게 말했다. "이제 당신에게 맡길게요. 누구든 사려는 사람에게 파세요. 가격은 상관없어요. 그냥 처분하기만을 바라는 거라 집과 함께 우리 어린 시절을 모두 내버린대도 할 수 없죠."

44

겉으로는 잔잔해 보이지만 바닥은 모래로 혼탁하고 어떤 항구도 눈에 들어오지 않을 정도로 광활한 바다에서 표류한 지 21개월 만에 지롱드 지방 중죄 법원에서 마침내 재판이 열렸다.

우리는 출두 명령을 받았고, 원고가 되었다. 더불어 레아는 살인을 간접적으로 목격했기에 증인석에 서게 되었다. 우리 쪽 변호인이 동생이 심리를 준비하도록 도와주었다.

우리는 몰려든 구경꾼들을 통과해 법원에 들어섰고, 구름 떼처럼 몰려온 사진기자들과 마이크를 내미는 기자들 사이로 계단을 올라야 했다. 바보 같은 질문들이 연신 쏟아졌다. "기분이 어때요?" 그들은 우리 기분이 어떨 거라고 생각할까? 첫날과 똑같이 참담했다. 참을성이 한계에 다다랐다. 우리의 상처가 아물기를 바랐다. 나는 동생에게 고개를 숙이고 아무에게도 대답하지 말고 그저 무시하라고 얘기했다.

대기실에서 제복 입은 남자가 길을 안내했고 우리는 순순히 따라갔다. 레아는 증언할 때까지 재판에 참석할 수 없기에 우리는 법정 앞에서 헤어졌다. 동생은 할아버지와 함께 작은 옆방으로 갔고, 나는 지정된 자리로 안내받았다. 관중들은 이미 자리에 앉아 있었다. 그들은 어느 것 하나 놓치고 싶어하지 않았다. 수군거리는 소리와 곁눈질이 묘한 분위기를 자아냈다. 나는 서커스단의 동물이었다.

피고석은 여전히 비어 있었다. 15분 뒤 헌병 두 명의 안내를 받으며 아버지가 모습을 드러냈다. 그는 청중을 바라보기 전에 아래쪽에 있는 변호인에게 인사했다. 그런 다음 눈으로 나를 찾았다. 보자마자 처량한 미소를 비쳤고 나는 반응하지 않았다.

범행 다음 날 헌병대에서 대질한 뒤로 처음 본 것이다. 그의 면회 요청과 모든 간청과 분노를 일부러 무시했고, 잠깐의 망설임도—솔직히 잠시 망설였다—극복했고, 우리가 언젠가 벗어나기 위해 이 같은 안전 경계가 반드시 필요하

201

다고 확신했다. 늙고 수척하고 창백한 그의 모습을 보고 마음이 아프지도, 동정심이 들지도 않았다.

하지만 그런 모습에 나는 분명히 흔들렸고, 동요했다는 것을 부인할 수 없다. 그는 여전히 내 아버지였고, 마지막까지 그럴 것이고, 우리는 혈연으로 맺어진 관계이고, 오랜 세월을 함께 보냈고, 감정이 있었고, 그 감정은 큰불로 소실되었지만, 완전히 꺼지지 않은 재가 남아 있었다.

레아에게는 이 재회가 비록 멀리 떨어져 있어도 더욱 불안하고 고통스러울 것이라고 생각했다. 나는 이 점을 지적했고, 동생이 그에 대해 일종의 양면적인 감정을 느꼈으며, 그래서 그토록 혼란스러워하는 거라고 생각했다. 동생은 그의 행동을 비난했지만 그를 미워할 수는 없었다. 동생은 그를 우리 삶에서 내쫓는 데 동의했지만, 때때로 자기도 모르게 가끔씩 "그래도 한 번은 면회 가야 하지 않아?"라고 중얼거렸다. (내가 동생을 보호한다는 이유로 면회를 다짜고짜 막은 것이 레아의 불안한 상태를 더 악화시키지는 않았을까?) 레아는 등이 굽은 남자를 볼 것이고, 그의 모든 결점에도 그가 한때 빛났다는 것을 기억할 것이다.

판사가 입장하고 모두 자리에서 일어섰다.

재판이 개정되고 얼마 지나지 않아 작은 소동이 벌어졌다. 두 여성이 벌떡 일어나 블라우스를 찢고 가슴을 드러낸 채 여성살해와 경찰의 태만, 지연된 재판을 고발하는 슬로건을 외쳤다. (한 가지 덧붙이자면 내가 사용하는 워드 프로그램은 '여성살해'라는 단어가 사전에 없다는 듯 빨간색으로 밑줄을 긋는다. 사실 이건 사소한 이야기가 아니다.) 두 여성은 신속히 퇴장당했다. 가차 없이 끌려 나가면서 여성 한 명이 한 윙크를 잊지 않았다.

판사가 이런 난입을 언짢게 여길까 봐 걱정되었다. 실제로 판사는 어떤 혼란도 용납하지 않겠다고 강조했는데, 그 말을 듣고 나는 생각했다. '적어도 재판에서 다룰 내용은 정해졌구나.' 우리는 이 사건을 치정이 아닌 사회적 사건으로 보아야 했다. 우리는 비극으로 끝난 부부 싸움이 아닌, 지속적인 폭력과 공포가 어디로 치닫는지에 관해 말해야 했다. 살인에 대해서가 아니라, 권력을 내세우며 지배하려는 한 남자의 욕구에 관해 말해야 했다. 눈이 먼 사회를 말해야 했다. 그리고 우리가 그 일에 이름 붙이기를 두려워한다는 것을 말해야 했다.

45

때때로 나는, 재판을 그토록 기다려왔음에도 우리에게 재판이 없었더라면 더 좋았을 것 같다. 그날 내 귀에 들린 이야기는 가축의 몸에 눌러 찍은 낙인처럼 머릿속 깊이 각인되었고, 어떤 밤에는 여전히 나를 깨운다.

우려한 바대로 아버지 변호인은 "이성을 잃고 한 행동"이라며 뻔뻔스럽게 호소했다. 그가 분별력을 상실했다는 것을 증명할 수 있다면 판결에 유리할 것이다. 그렇지 않다면, 분별력 감소를 이유로 약간 가벼워진 형량에 만족해야 할 것이다. 우리는 이미 미친놈 행세를 하고 별 타격 없이 난관에서 벗어나는 사람들을 보았다. 나쁜 계획은 아니다. 그저 역겨울 뿐.

그의 변호인은 처음에 아버지가 "결코" 폭력적인 사람이 아니었으며, 아내에게 "손을 올리는 걸 본 사람이 아무도 없다"고 주장했다. 그의 의뢰인은 사람들이 보지 않는 곳에서, 집 안의 은밀한 곳에서만 파괴 공작을 벌일 만큼 교활했던 것이다. 남들 눈을 속일 수 있었고, 속였다. 아내가 자신을 지옥으로 몰아넣고, 몰래 남자들을 만나고, 가게에 온 손님들까지도 유혹했다고 말하며 동료나 지인들 앞에서 희생자 행세를 하며 거짓말을 일삼았다. 말 그대로 그들을 속인 것이다. 차례로 모습을 드러낸 '증인들'은 "아무것도 보지 못했다"고 장담했다. 그들이 아무것도 보지 못했다면, 아무것도 볼 것이 없었기 때문이 아닐까.

변호사는 선수를 치며 의뢰인의 딸의 증언만이 유일하게 제시할 수 있는 '간접적' 증언이라고 설명했다. 그는 레아가 자신이 묘사한 장면을 실제로 "목격"한 적이 없다고 말했다. 그녀는 그것을 "어렴풋이", "멀리서" 인식했다. 변호사는 이를 직접 검증해볼 수도 있다고 주장했다. 커다란 집 2층에 있는 방에서, 그것도 문이 반쯤 닫힌 방에서 1층 거실에서 말하는 소리를 "진짜로" 들을 수 있을까? "불가능한 일입니다. 진지하게 생각해봅시다."

변호사는 이유 여하를 불문하고 그런 증언에는 "의심할 여지가 있다"고 덧붙였다. 왜냐하면, 잊지 말아야 할 것은 레아는 사건 당시 감수성이 예민한 아이였기 때문이다. 그 누구보다 어머니를 사랑하고 어머니를 보호하기 위해 무슨 말이든 할 준비가 되어 있는 아이. "그러는 게 당연하죠." 그리고 열세 살은 "상상력이 넘치는 시기" 아닌가요?

도중에 그는 아버지가 목을 조르려 하는 모습을 목격했다는 부모 친구의 증언을 대놓고 무시할 것이다. "술에 취한 남자가? 그것도 밤에? 10미터 떨어진 곳에서 본 걸 믿으라고요? 말이 되나요?"

그런 다음 변호사는 헤어질지 모른다는 생각이 아버지를 "부추겨 충동질" 했다고 주장했다. 어떻게 그의 심정을 모를 수 있을까요? 그의 아내는 "그에게 전부"였어요. 부인을 잃는다는 생각은 "견딜 수 없는 일"이었습니다. "자기 인생의 사랑"과 헤어지는 것을 아무렇지 않게 받아들일 남자가 어디 있겠습니까? 변호사는 이어서 아버지가 젊은 시절 첫눈에 반해 사랑에 빠졌고, 행복한 결혼 생활을 하다 두 아이를 가졌다며 20년이 넘는 세월 동안 함께한 추억들을 이야기했다. 그가 늘어놓는 말들이 전부 거짓은 아니었다. 그것이 겉으로 보이는 모습이라는 점을 제외하면 말이다. 그리고 변호사는 남편의 편집증에 갇혀 숨 막히고 억눌린 삶을 산 여성의 불행을 대놓고 모른 척했다.

그가 자기 통제력을 잃고 일종의 해리를 일으킨 것은 바로 이 강렬한 심리적 긴장 때문이었다. "그걸 혼돈하면 안됩니다." 변호사는 아버지가 감정에 휩싸이고 스트레스에 잠식되어 자신의 행동에 대해 완전히 인식하지 못했을 것이라고 굳게 믿었다. 아버지가 아무것도 기억하지 못한다는 것을 그 증거로 들었다. 하지만 기억상실이야말로 그의 무책임함을 보여주는 증거가 아닐까?

칼로 찌른 횟수에 관해 변호사는 철저히 준비된 답을 늘어놓았다. "한번 행동을 시작하면 그다음 동작으로 이어지게 됩니다. 이는 흔히 있는 주지의 사실로 전문가들이 탁월하게 설명하고 있습니다."

그의 어설픈 도주마저도 그가 이성을 상실하고 정신이 나갔다는 점을 증명하면서 그 어떤 일장연설보다 유리하게 작용했다.

그는 살인자가 "깊이 후회"하고 있다는 말로 결론을 맺었다. "당연히 후회하고, 괴로워하고, 스스로를 탓하고 있습니다. 그 반대를 누가 상상이나 할 수 있겠어요?" 결국 그의 슬픔과 회한이 진짜 벌이라는 이야기였다. 거기에 어떤 벌을 더해야 할까? 이러한 내적 투쟁에 인간의 법이 낄 자리가 있을까?

46

같은 이야기를 전달하는 방법에는 여러 가지가 있을 수 있다. 우리는 부모님의 삶에도 처음에는, 그러니까 시들고 악화되기 전까지는 아름다운 순간들이 있었다는 것을 쉽게 받아들였다. 하지만 이러한 전개는 우리를 분노하게 만들었다. 적어도 나는 그랬다. 나는 이 이야기의 피해자는 한 명뿐이라는 사실을 절대 잊지 않았다. 물론 사형집행인도 한 명이었다.

다행히 우리 측 변호인과 검사가 발언했다. 비르지니 카디오 변호사는 차근차근 체계적으로 피고 측 변호인의 주장을 반박했다.

수년간의 잠재된 비난과 중상모략, 결국 사과로 끝났지

만 욕설을 퍼부었으며, 항상 몸에 흔적을 남기지는 않았지만 의심할 여지 없이 훨씬 더 깊은 상처를 입힌 폭력, 체계적인 괴롭힘을 언급했다. 눈에 거의 띄지 않지만 매우 실제적인 영향력을 끼친 굴욕으로 점철된 수년의 시간도. 처음에 사랑했다는 사실로 용서받을 수 없는 시간. 처음의 격정이 어떤 죄도 사해주지 못하는 시간.

결별을 알린 것은 어머니가 첫 번째 시도 후 마침내 이 멍에에서 벗어나 전적인 의미로 "스스로를 구하기"로 결정했다는 증거라고 설명했다. 어머니는 어쩌면 "목숨이 위험하다"는 것을 예감했을 것이다.

변호인은 한 치의 흔들림도 없이, 버림받는다는 생각에 겁에 질린 나르시시스트적이고 지배적인 존재로 아버지를 묘사했다. "결국 그는 자기 자신만을 사랑합니다. 그리고 남들이 자신을 사랑하지 않는다는 것을 이해하지 못하죠. 그는 수천 년 전부터 전해져온 남성다움이라는 굳어진 관념을 지녔고, 그것이 그의 개인사와 가족사를 만들었습니다. 그런데 그는 어린아이처럼 두려워해요. 놀이동산에서 미아가 될까 봐 두려워하는 아이처럼 말이죠."

그러므로 헤어진다는 생각이 그에게는 용납할 수 없는 상실로 보였다. "배심원 여러분, 진지하게 생각해주십시오. 이

것은 '소유욕'에 의한 범죄입니다. 이 남자는 아내가 자기에게 속하고, 자신의 것이며, 자신의 소유물이라고 생각했습니다. 그는 아내가 자유를 되찾지 못하게 할 확실한 방법으로 아내를 살해했습니다."

변호인은 현장에서 벌어진 '극단적인 폭력'을 강조했다. "살인자는 피해자를 인정사정없이 공격했습니다. 격렬히요. 아시겠습니까?" 그녀는 반복되는 구타와 비명, 찢어진 피부, 찢긴 조직, 손상된 장기, 피 웅덩이를 상상해보라고 말했다. "이 죽음은 은유가 아닙니다. 이 죽음은 무척 구체적이고 매우 잔인하며 너무나 처참합니다. 잔인함과 야만은 물론, 반드시 죽이고 학살하겠다는 명백한 의지가 있었죠." 배심원들은 경악하고 공포에 사로잡힌 채 변호인의 말을 들었다.

그리고 아무도 자신의 말에 의문을 제기하지 않도록 어머니의 시신 사진을 법정에서 공개했다. 변호인은 전날 내게 미리 그 사실을 알려주며 눈을 감으라고 했다―아직 증언하지 않은 레아는 법정에 없었다. 아들이 볼 광경이 아니었기에 나는 변호인의 말을 따르기로 결심했다. 그러나 사진을 보여주기 위해 설치된 화이트보드에 사진이 뜨자 청중의 두려움이 너무나 선명하게 느껴져서 나도 덩달아 쳐다볼 수밖에 없었다. 변호인의 말이 옳았다. 스치듯이라도 봐서는 안 됐다. 그것은 상상할 수도, 견딜 수도, 지울 수도 없는 이미지였다. 내 마지막 숨이 끊어질 때까지 그 이미지는 나를 놓아주지 않을 것이다.

그런 뒤 변호인은 분별력 상실이라는 "터무니없고 기괴한" 주장을 철저하게 반박했다. 더욱이 "어떠한 법원도 그러한 주장을 채택하지 않을 것"이라며, 그것은 겁쟁이들이 최후에 내세우는 파렴치한 주장 그 이상도 이하도 아니라고 했다. "이 사람은 자신이 무엇을 하고 있는지 완벽히 알고 있었죠." 그가 멍하니 경찰을 기다리지 않았다는 것이 그 증거였다. 그는 겁쟁이처럼 곧바로 도망쳤고, 자신의 행동을 알고도 자수하지 않는 사람들이 그렇듯 몸을 숨겼다. 그것이 자신의 책임을 회피할 수 있는 유일한 방법이었기에.

끝으로 변호인은 죽기 전 헌병대 문을 두드렸고, 그렇게 해야 할 지경에 이르렀으며, 용기를 발휘했지만 누구의 도움도 받지 못한 '어머니'에 대해 이야기했다. "그녀보다 앞서 목숨을 잃은, 지울 수 없는 상처를 입은 수백 명의 다른 희생자들이 있었습니다." 그러고는 이런 일이 앞으로도 반복되기를 바라느냐고 물었다. 유일무이한 존재였던 나의 어머니는 그 순간 모든 여성이 되었다.

검찰은 무기징역을 구형했다.

47

이제 나는 이 재판에서 가장 가슴 아픈 순간에 대해 이야기하고 싶다. 바로 레아의 증언이다.

레아는 소심하게 증인석으로 걸어갔다. 귀여운 봄 원피스에 닥터 마틴 신발을 신고 있어서 어딘가 조숙해 보이면서도 기묘한 분위기를 자아냈다. 이내 모든 방청객이 숨을 죽이고 있다는 게 느껴졌다. 공기 중에 전기가 흐르는 듯 사람들이 집중하는 기운이 느껴졌다. 배심원들이 한마음으로 동생과 함께하는 것 같았고, 심지어 아버지도 내가 연민을 느끼며 읽고 싶은 일그러진 표정을 감추지 못했다.

판사가 중립을 지키며 냉정하게 동생에게 말을 걸자 긴장된 분위기가 약간 누그러졌다(판사가 옳았다. 이 모든 것이 동정심으로 바뀌어서는 안 된다). 레아는 자신의 신원과 나이를 밝혀 청소년 신분임을 표현했지만, 피고인의 가족에 속해 있기 때문에 선서를 할 필요는 없었다. 판사는 동생에게 자발적으로 선서를 하고 싶은지 물었고, 레아는 고개를 저었다. 그러자 판사는 동생에게 크고 분명하게 말하도록 권했다. 동생은 다시 "아니오"라고 말했다. 선서를 거부하는 것은 동생과 우리 측 변호인이 동의한 것으로, 변호인은 레아가 자신의 질문에 따라 증언하는 편을 택했다.

그리고 레아가 말했다.

레아의 이야기를 외우다시피 했던 나지만, 증언을 듣는 순간 당황하고 말았다. 왜냐하면 레아의 증언이 나를 갑자기 그 소식을 전화로 들은 바로 그때로 돌아가게 했기 때문이다. 우리가 그동안 고집스럽게 그 주제를 꺼내지 않았다는 사실에 나는 놀랐다. 그러니까 동생은 그런 식으로 이야기를 하고, 내용을 전달하고, 시간 경과에 따라 재구성할 수 있었다.

무엇보다도 나는 동생의 말, 동생의 가늘고 때로는 머뭇거리는 목소리, 억누르는 흐느낌, 어쩔 수 없는 침묵이 배심원에게 미치는 영향을 볼 수 있었다. 모두가 속으로 생각하고 있었다. 이 어린 소녀가 그토록 끔찍한 일을 목격해서는 안 되었다. 모두가 생각했다. 이 아이가 어떻게 정상적인 삶을 살 수 있을까? 모두가 그녀를 안아주고 싶어 했다. 어떤 사람들은 동생의 신발, 동생의 이상한 닥터 마틴 신발을 보고 있었다. 혹시 이미 정신이 나간 것은 아닐까?

레아가 증언하는 내내 나는 동생이 무너질까 봐 걱정이 되었다. 그러니까 동생이 쓰러질까 봐, 해내지 못할까 봐, 동생이 너무 힘들어할까 봐 염려하면서 동생 목소리의 높낮이와 증인석 난간을 붙잡은 손의 긴장감, 흔들리는 다리에 지나치게 온 신경을 쏟고 있었다. 필요하다면 당장 뛰어갈 준비도 되어 있었지만, 동생은 절대 쓰러지지 않았다. 한편으로는 아버지를 똑바로 보지 못했고, 갑자기 아버지를 가엾게 여기고, 자신이 했던 말을 번복하거나, 더 부드럽게 말하거나, 상대 변호인의 맹렬한 공격에 고개를 숙이기도 했지만, 동생은 굴복하지 않았다. 그러는 내내 동생이 고통스러웠다는 것을 나는 안다. 나중에 동생은 이렇게 털어놓았다. "힘들 때마다 관에 붙어 있던 엄마 사진을 떠올렸어. 성당 스테인드글라스 창문에 있던 천사들도."

마지막으로 증인석을 떠나기 전 레아는 목을 가다듬으며 "덧붙이고 싶은 말이 있는데… 아직 하지 않은 말이 있어요…"라고 낮게 말했다. 나는 그대로 꼼짝도 할 수 없었고, 낮은 소리가 방청석을 맴돌았다. 변호인은 걱정스러운 눈으로 나를 바라보았고, 나는 어깨를 으쓱하며 모르겠다는 표정을 지었다.

"제가 엄마에게 몸을 숙였을 때 엄마는 죽지 않았어요. 엄마는 내 팔을 붙잡을 힘이 남아 있었어요… 엄마는 무언가 말하려고 했지만 하지 못했어요. 어떻게 말해야 할까요… 엄마는 눈으로 말하고 있었어요… 눈에서 공포가 느껴졌어요… 엄마는 자기가 죽을 것을 알고 있었거든요… 더는 우리를 보호해줄 수 없다는 것을 알고 있었어요. 결국 정확히 한마디를 소리 내 말했어요. '약속해줘….' 곧바로 엄마의 머리가 떨어졌고 그렇게 끝났어요… 저는 제가 어떤 약속을 지켜야 하는지 절대 알 수 없을 거예요."

몇 초 동안 엄청난 침묵이 이어졌고, 뒤이어 수많은 청중이 눈물을 흘렸다. 내가 가장 먼저 울음을 터뜨렸다. 변호인은 아무 말도 하지 못했다. 재판장은 고개를 숙여 앞에 놓인 두꺼운 문서를 훑어보며 침착을 유지하려 애썼다. 어떤 배심원들은 소리를 내지 않으려고 입을 막았지만 감정적 동요가 너무 컸다. 법정 뒤에 서 있던 피에르 베르디에도 감정이 격해져 주저앉을 수밖에 없었다. 그의 내면에 금이 갔고, 나는 안심이 되었다.

  레아가 자리로 돌아왔을 때, 빠져나갈 가망이 거의 없어
진 아버지는 망가져 있었다.

  레아는 마지막으로 고통에 찬 눈으로 아버지를 뚫어져라
보았다. 이렇게 말하고 있는 것 같았다. 나는 아빠를 사랑했
는데 아빠는 왜 우리 삶을 망가뜨렸어요?

  아버지는 종신형을 선고받았다. 최소 22년 동안은 어떠
한 가석방도 허용되지 않는다는 조건이 붙었다.

48

그때 우리는―순진하게도―다 끝났다고 생각했다. 어머니는 묘지에서 쉬고 있었고, 우리는 일요일에 종종 꽃을 사서 묘지를 찾았다. 아버지 소식을 듣지는 못했지만 그는 감방에서 썩고 있었다. 집은 헐값에 팔렸고, 사람들이 흉흉한 이야기를 잊고 집을 구입할 수 있도록 우리는 예전 동네를 배회하지 않으려 무진 애를 썼다. 베르종 아줌마와는 전화로 안부를 주고받았다. 최악의 상황은 지나간 듯했다.

할아버지는 우리가 "다시 자리 잡을 거"라고 예언하기까지 했다. 나는 이 말에 흔들렸다. 그 말은 예전의 삶을 되찾겠다는 시도를 암시했지만 그것은 불가능했다. 예전의 삶은 되찾을 수 없고, 순진함은 끝났고, 태평함도 끝났고, 더 나은 운명에 대한 희망도 끝났고, 그저 언젠가는 충격에서 벗어나, 상처를 안고 부족한 대로 그럭저럭 살아가려고 노력하기만을 바랄 수밖에 없었다.

그럼에도 우리는 몇 달간 평온을 경험했다. 우리가 느꼈던 평온은 매 순간 위태롭고 위협받았지만 어느 정도 균형을 찾았다는 착각에 빠지게 했다. 실제로는 위험한 눈속임이라는 것을 깨닫기 전까지는 말이다.

나는 어린 학생들을 즐겁게 가르치려고 노력했다. 그렇지만 내 일에서 성취감을 거의 느끼지 못했다는 것을 인정해야 했다. 우선, 그것은 보람 없는 일이었다. 빨리 지치고 빨리 낙담하는 아이들, 부모의 욕심 말고 다른 재능이 없는 부르주아 아이들의 주의를 끌어야 했고, 같은 악절로 같은 연습을 해야 했고, 제자리걸음인 드미 플리에와 데블로페를 반복해야 했다. 진짜로 나아지는 모습을 보지도, 잠재력을 발견하지도 못했고, 신동을 만나리라는 희망도 없었다. 그럴 때면 어쩔 수 없이 파리 생각을 했다. 혼자 중얼거렸다. 지금쯤이면 수석 무용수가 되었을 테고, 바스티유 오페라극장 무대에 섰을 것이며, 〈마농 레스코〉의 데 그리외나 〈백조의 호수〉의 지그프리트 왕자를 연기했을 텐데. 그 삶은 아름답고, 내가 꿈꾸었던 모습이겠지. 나는 지인들의 소식을 듣고 그들의 여정을 바라보았는데, 그마저도 점점 뜸해졌다. 소식들은 내게 잔인했고, 옛 동료들은 다음 단계로 넘어갔으며, 나를 점차 잊었기 때문이다

좌절감에 사로잡혀 있는 것은 치유에 도움이 되지 않았다.

저녁이면 자주 보르도의 코코로코*에서 시간을 흘려보냈다. 긴장을 풀어주는 감미로운 팝이나 몽환적인 일렉트로닉 사운드를 들으며 머리카락이 얼굴을 덮고 티셔츠가 땀범벅이 될 때까지 지치도록 춤을 췄다. 과하게 술과 칵테일을 섞어 마시고, 남이 먹다 남긴 미지근한 맥주를 들이켰다. 때때로 낯선 이가 건넨 엑스터시를 화장실에 숨어 삼켰다. 문을 닫기 직전에 드랙 공연자 대기실에 들어가 그중 몇 명과 친구가 되었고, 새벽 2시경 이상한 무리와 섞여 시장에서 나는 악취를 맡으며 카푸셍 거리를 비틀거리며 걸었다. 또 주기적으로 낯선 사람을 따라 학생 방이나 부르스 광장에 위치한 사치스러운 아파트로 들어가 의미 없는 섹스를 하고, 일을 마치자마자 떠났고, 동생과 할아버지가 일어나기 전에

* 보르도에 위치한 게이 바.

새벽 첫 트램을 타고 블랑크포르로 돌아왔다.

가끔은 사랑에 빠지지 못하고, 애정을 느낄 수 있는 남자를 만나지 못해 아쉬워하는 모습에 스스로 놀라기도 했지만, 이내 그건 내게 맞지 않고, 절대 안정적인 연인 관계를 맺을 수 없다는 것을 깨달았다.

어쩌면 남자들에게 겁을 먹었는지도 모른다. 남자들은 살인자들이었다.

청춘이 지나가야 한다고 믿고 싶었지만 결국 청춘은 아무 상관 없다는 것을 인정하게 됐다. 나는 의심할 여지 없이 표류하고 있었다. 누가 봐도 분명한 그 사실이 이제 내 눈에도 분명히 보였다.

사실, 시간이 흐르면 우리가 겪었던 트라우마도 사라질 거라고 기대하는 것은 환상이다. 충격이 가한 폭력은 이상하게도 온전히 남아 있었고 악몽도 줄지 않았다. 나는 도움이 필요했다. 그래서 치료를 받기로 (나로서는 엄청난) 결심을 했다. 나도 정신과 의사에게 상담한다면, 이런 폭력에 대해 말한다면, 어쩌면 조금 나아질 수도 있을 것이다.

나는 첫 번째 상담을 잊을 수 없다. 나는 상담이 끝날 때까지 영리하게 연기했고, 또다시 핵심을 벗어났다. 의사가 상담을 마치며 온화하지만 반박할 수 없는 목소리로 말했다. "한 가지만 기억하세요. 이건 당신의 목숨이 걸린 일이고, 적당히 얼버무리고 넘어갈 수 없어요." 그다음 상담부터 나는 다르게 임했다.

49

해방구가 될 줄 알았던 재판은 레아를 더 피폐하게 만들었다. 학교 성적은 여전히 형편없었다. 친구들의 방문도 점점 뜸해졌다. 어느 날 집 앞 보도블록에서 동생의 친구 한 명을 마주쳤는데, 매우 안타까워하고 있었다. "레아가 너무 우울해해요." 친구들과 함께 있을 때 대부분 입도 뻥긋하지 않고, 원하는 게 뭔지 절대 표현하지 않는다고 했다. 레아를 두고 "부담스러운 존재가 됐어요. 죄송하지만 사실이에요"라고 덧붙였다. 동생의 성장도 멈춘 것 같았다. 젊은 여성이 될 나이였지만, 지적 수준만큼은 여전히 어린아이였다. 시간이 멈춘 게 아니라면, 적어도 더디게 흐르는 것 같았다.

할아버지와 나는 기댈 곳이 없었다. 친구도, 가족도 없었고, 가까이 지내는 사람도 거의 없었다. 바쳐야 할 큰 사랑, 보잘것없는 사랑만 있을 뿐이었다.

어느 날 아침 교도소에서 걸려온 전화 한 통이 최후의 일격을 가했다. 아버지가 지난밤 자살을 시도했다는 소식이었다. 목숨을 구했지만 상태가 안 좋아 의무실에서 치료를 받고 있다고 했다. 동생의 낯빛이 대번에 달라졌다. "만나고 싶어." 동생이 웅얼거렸다. 동생의 표정이 너무나 단호해 나는 만류하려는 시도조차 하지 않았다.

나는 우리 불행의 근원인 사람을 다시 만난다는 것을 상상도 할 수 없었기 때문에 할아버지가 동생과 함께 가기로 했다. 도살장에 끌려가는 소처럼 떠나는 두 사람을 지켜보았다. 이번 재회에서 별 기대는 하지 않았다. 재회는 동생의 상처를 다시 헤집고, 어머니를 잃은 슬픔에서 헤어나려는 동생의 노력을 물거품으로 만들어 원점으로 되돌려놓을 것이다. 그걸로 끝나지 않고, 동생이 수감자의 상태를 보고 동요한다면, 동생은 더 방황하게 될 것이다. 현실은 그보다 더할지도 모른다.

면회를 다녀온 뒤 나는 아무것도 묻지 않았는데 동생은 다녀온 이야기를 하고 싶어했다. 동생은 내게 묵직한 문, 제출해야 하는 서류, 맡겨야 하는 개인 소지품, 통과해야 하는 검사, 격리된 대기실, 칠이 벗어진 복도, 코를 찌르는 땀내, 멀리서 들려오는 이해할 수 없는 소리에 대해 이야기했다. 친절한 간수, 앉아 있으라고 지시받은 작은 방, 기다림, 불안한 경계심 — 레아는 경계하며 주위를 살폈다 —, 외부 세계가 사라졌고, 밖에서 들리는 소음이 잦아들고, 창문은 불투명했고, 다른 규칙이 통용되는 곳. 이런 곳에서 무슨 일이라도 생긴다면 누가 알 수 있을까?

레아는 쇠약해지고 수척해지고 면도도 하지 않은, 유령이나 혼령 같은 아버지의 모습을 묘사했다. 그 모습이 레아의 동정심을 자극했다. 그는 부엌에서 훔친 칼로 그은 손목을 숨기려고 붕대를 감고 있었다. 그는 딸의 손에 자신의 손을 얹었고 딸은 손을 빼지 않았다. 그는 어떻게 지내느냐고 물었고, 레아는 뭐라고 답해야 할지 몰라 아무 말도 하지 않았다. 그에게 같은 질문을 하지도 않았다. 이어서 그는 감금이나 죽을 때까지 자유를 박탈당한 광기를 견딜 수 없어서가 아니라, 죄책감과 슬픔을 견딜 수 없어서 죽으려 했다고 설명했다. 자신이 저지른 짓이 뇌리를 떠나지 않았다고. 더는 잠을 이룰 수 없었다고. 그는 '다 끝내기'를 바랐다. 레아는 그때 그 말을 믿었고, 그래서는 안 됐지만 "그랬다"고 말했다. 동생은 집에 돌아와서도 조금 덜하기는 했지만 여전히 그렇게 믿었고 그것은 사라지지 않았다.

나는 감히 동생에게 반박하지 않았다. 어쨌든 그도 진실을 말했을 것이다. 다만 내게는 아버지가 악역을 맡아야 했다. 그래야 내가 버틸 수 있었다. 흰색 아니면 검은색이어야 했다. 동생이 머무는 회색 지대를 나는 견딜 수 없었을 것이다. 동생도 그것을 견딜 수 없었다. 하지만 거기에서 빠져나오는 법을 몰랐다.

그런데 뒤늦게 후회한다고 뭐가 달라질까? 그는 내 어머니를 죽였다. 누구도 어머니를 되돌려줄 수 없다.

게다가 왜 이제야 후회하는 걸까? 재판 초기에 완벽한 남편 행세를 하며 책임이 없다고 주장해 곤경에서 벗어나는 대신 후회한다고 말했더라면 더 좋았을 것이다. 나는 무엇도 잊지 않았다.

그리고 만약 그가 자살에 성공했다면 나와 레아는 더 나락으로 떨어지지 않았을까? 자살은 실패했지만 그는 이미 우리를 벼랑 끝으로 내몰았다.

그러나 나는 아무 말도 하지 않았다. 레아가 모순적인 감정을 느끼게 두고, 나는 다시 완전히 마음을 닫는 쪽을 택했다. 우리의 길은 조금 더 멀어질 것이다. 그때 내가 몰랐던 것은 우리 중 누가 바른길로 가는지였다. 바른길이 있다면 말이지만.

내가 아는 것은 동생의 상태가 점점 악화되고 있다는 것이다. 몇 주 후에 나는 레아가 자해를 한다는 사실을 알았다.

50

물론 레아는 거기에 대해 아무 말도 하지 않았다. 자해는 무엇보다도 내밀한 몸짓이자 비밀스러운 행위이다.

여름철이 되고, 우리가 사는 지역에 폭염이 닥쳤을 때에도 동생이 긴팔 스웨터를 입고 있는 것을 보고 상황의 심각성을 깨달았다. 동생은 내 질문을 피했다. 끈질기게 묻자 동생은 평소와 달리 사납게 반응했고, 위급함을 느낀 나는 태어나서 처음으로 동생의 팔을 억지로 잡아당겨 소매를 올렸다. 내가 본 것에 경악을 금치 못했다.

면도날이나 칼끝으로 피부를 여기저기 찌른 것 같은 상처가 약간 넓고 선명하게 있었다.

나는 낯선 사람처럼 레아를 바라보았다. 동생이 괴로워하는 것을 알고 있었고 매일 동생이 무기력하게 있는 모습을 보았지만, 고통이 이런 식으로 표출되리라고는 한순간도 상상하지 못했다.

나를 안심시킨 것(안심은 지나치게 과장된 말이지만)은 동생이 소리를 지르지도, 팔을 빼거나 도망가지도 않았다는 사실이었다. 오히려 동생은 가여운 눈빛, 항복하는 눈길로 나를 보았다. 자신의 끔찍한 비밀 의식을 내가 발견해 안도했던 것 같다.

레아는 몇 달 전부터 계속 자해를 해왔다고 고백했다. 어느 날, 아무 이유 없이 눈앞에 놓인 필통에서 컴퍼스를 꺼내 살갗을 그었더니 기분이 편안해졌다고 했다. 그래서 얼마 뒤 다시 자해했다. 그러다 남들이 아는 게 두려워 드러나지 않는 허벅지와 배를 선택했다.

레아는 부드럽고 평온하게 말했다. 나는 속이 울렁거리는 것을 간신히 참으며 동생의 말을 들었다.

동생이 말을 멈췄을 때, 나는 상냥하고 애정 어린 오빠가 되어야 했겠지만 동생의 어깨를 붙잡고 소리쳤다. "그만둬, 당장 그만둬야 해!" 나의 거친 모습에 동생이 놀랐다. 상황은 동생이 생각한 것보다 훨씬 더 심각했다. 동생은 깊은 상처에 익숙해져서 그게 얼마나 심각한지 전혀 깨닫지 못했다. 레아는 오히려 안도감을 느끼고 있었다. 자신만의 방식으로 무언가를 표출하고 있었고, 나쁜 피로 자신을 해방시키고 있었다. 동생 입장에서는 내가 자신의 말에 맞장구쳐줬어야 마땅했다. 내가 화를 내자 동생은 당황했지만, 현실로 돌아올 수 있었다. 동생이 자해하며 생긴 상처는 어떤 치료 효과도, 어떤 장점도 없었다.

그날 나는 정신과 의사에게 내가 발견한 것을 알렸고, 의사는 내가 가장 두려워한 말을 꺼냈다. 심리적 측면에서 동생은 자기 자신을 해친 것이다. 상처를 감춘 것은 간단한 문제가 아니었고, 불행의 정도가 깊다는 뜻이었다. 분명한 것은 트라우마에서 조금도 회복되지 않았다는 것이다. 그런 다음 의사는 구명대를 내밀듯 이렇게 덧붙였다. "자신에 대한 통제력을 회복하고자 하는 필요성 때문에 자해를 하죠." 통제 가능한 고통이 ― 이상하게 들리겠지만 통제할 수 있기에 ― 동생을 수동적인 상태에서 벗어나는 하는 수단이 되었다.

위안은 오래가지 못했다. 의사는 곧바로 끔찍한 말을 덧붙였다. "자해는 자살을 경고하는 신호라는 것을 아셔야 합니다."

레아는 다시 상담 치료를 시작해야 했다(동생은 불과 몇 달 만에 상담을 중단했고 우리는 계속하도록 강요할 수 없었다). 만약 동생이 거절한다면, 나는 동생을 위해 필요한 일을 해야 할 것이다.

레아는 거절했다.

51

동생은 지난 18개월 동안 완곡하게 부르자면, 전문 기관에
서 치료받고 있다.

나는 지나치게 앞서 나갔다. 처음에는 정체를 밝히지 않
고 정신과 의사를 집에 데려오는 꾀를 썼다. 동생이 아무 의
심 없이 대화를 시작할 수 있도록 한 것이다. 동생은 의사와
대화를 나눴다. 동생이 그 정도로 순진했을까, 아니면 내 수
법을 이미 간파했을까? 어쨌든 결론은 분명했다. 레아는 심
각한 우울증을 앓고 있으며 입원 치료가 필요했다. 동생은
제3자의 요청에 따라 강제로 입원해야 할 정도로 거듭 거절
의사를 밝혔다. 제3자는 나였다.

당시 입원의 목표는 동생이 목숨을 끊으려는 시도를 하지 못하게 막는 것이라고 전달받았다.

그러면서 의사는 내가 동생을 도우려고 애써봐야 아무 소용 없다고 설명했다. 내 의지가 강하다는 것을 의심하지는 않지만, 동생을 다시 일으켜 세울 수는 없으며, 내게는 그럴 능력이 없고, 그 일을 할 사람들은 따로 있었다.

하지만 내 앞에 놓인 문서에 서명하는 순간, 별안간 내가 동생의 자유를 박탈했으며 동생 대신 무엇이 동생에게 좋은지 결정했다는 생각이 들었다. 그 순간은 오랫동안 내 머릿속을 떠나지 않을 것이다.

병원에 도착하자마자 동생은 상태가 가장 우려되는 환자로 분류되었다.

나는 여전히 동생이 그저 극심한 우울감과 무기력에 시달리고 있다고 믿었다. (내겐 믿을 필요가 있었다.) 그 대신 이런 답을 들었다. "우리는 레아가 정상적으로 식사를 하는지, 위생을 유지하는지 살피고, 레아와 이야기를 나누도록 노력할 것입니다." 우리는 완전히 새로운 국면에 접어들었다. 이제 그 사실을 인정해야 했다.

병원에서는 지지적 심리치료라 불리는 치료를 시작했고,

불안 완화제를 이용한 치료와 병행했다. 나는 벤조디아제핀과 진정성 신경이완제에 관해 설명을 들었다. 처음에는 동생에게 수면제도 처방했다. 나는 얼떨떨했다.

매일 내가 옳은 일을 한 건지, 치료법이 병보다 나쁜 건 아닌지, 내가 동생을 시설에서 빼내야 하는 건 아닌지 스스로 물었다. 그들은 이렇게 말했다. "당신의 의문과 죄책감을 이해합니다. 하지만 집에 데려가면 동생이 스스로 목숨을 해칠 가능성을 배제할 수 없다고 말씀드리는 게 우리의 역할입니다."

동생은 병원에서 퇴원해 이 시설에 입소했다. 밖에서 보면 편백나무로 둘러싸인 중급 호텔처럼, 얼핏 이비스 호텔처럼 보인다. 안에서 봐도 그런 인상이 사라지지 않는다. 파스텔 톤 복도는 조용하며, 객실마다 작은 발코니가 있다. 물론 직원들의 복장을 보고 있으면 괴로웠다. 그리고 때때로 들리는 비명. 어떤 환자의 넋 나간 표정, 다른 환자의 소멸된 표정, 아니면 또 다른 환자의 헤매는 발걸음. 이 시설은 양극성장애, 강박 장애, 공황 장애, 공포증, 중독, 거식증, 폭식증, 피해망상, 미끄러짐 증후군(이 모든 용어가 나에게 익숙해졌다)을 치료한다.

레아의 상태는 점차 안정되었지만 식물에 가까웠다. 동생은 더 이상 자해하지도, 스스로 해치지도 않았고, 일종의 나른함과 무기력 속에서 살아간다. 아무도 동생이 언제 퇴원할지 말해줄 수 없다. 언젠가는 퇴원할 거라는 말로 안심시킬 뿐. 괴롭지만 참아야 한다.

나는 매일 동생에게 전화하고 주말마다 면회를 간다. 날이 따뜻하면 공원에 앉는다. 동생은 레몬 나무 바로 옆 아무도 앉지 않는 벤치를 가장 좋아한다. 동생은 최근 시칠리아의 레몬 나무에 관한 다큐멘터리를 보았다. 노토라는 마을 근처에서 일어난 이야기였는데, 언젠가 꼭 같이 가자고 했다. 나는 약속했다. 동생은 피에르 베르디에가 면회를 왔었다고 말했고 나는 바보처럼 울컥했다.

할아버지와 같이 면회를 갈 때마다 동생은 할아버지에게 "가게 일은 어때요?"라고 물었다. 그러면 매번 할아버지는 괜찮다고 대답한다. 할아버지는 신문을 보는 사람들이 점점 줄고, 담배 피우는 사람도 줄고 있다는 사실을 동생에게 말하지 않는다. 변치 않는 것이 있다는 것을 동생이 믿을 필요가 있었다.

(할아버지와 동생의 뻔한 대화를 듣노라면, 10대 시절 내

가 평범하지 않은 운명을 얼마나 원했던가, 하는 생각이 가끔 든다. 내가 춤에 빠진 것도 그래서였던 것 같다. 유명세를 바란 것은 아니었지만, 일상에서 벗어나 새로운 곳으로 나를 데려갈 특별한 무엇을 꿈꿨다. 이제는 상상 속 신에게 단순한 삶을 돌려달라고 간청할 것 같다. 오늘 벤치에서의 이 조용한 대화에 마음이 놓였다.)

몇 시간 동안 아무 말도 하지 않는 오후도 있었다.

그러던 어느 날, 이 정체와 무기력 때문에 나는 우리 이야기를 쓰기로 결심했다. 자기만의 어둠 속에 갇혀 있는 레아를 보다가 세상은 우리를 그저 부수적 피해자로만 여긴다는 것을 깨달았다. 그러니까 우리는 눈에 띄어서도, 목소리를 내어서도 안 되는 피해자가 되어야 했다. 그러나 나는 말 없는 투명인간으로 남아 있기를 거부했다.

나는 파괴된 우리 삶을 다시 일으켜 세우기 위해 글을 쓴다고 믿는다. 우리에게는 그럴 권리가 있다.

또 무슨 말을 해야 할까. 이번 일요일에 나는 레아를 아르카숑에 데려갈 것이다. 맨 먼저 바다를 굽어보는 화려한 빌라들이 들어선 빌디베에 갈 것이다. 벽돌 외벽, 형형색색의 발코니, 처마 장식들을 감탄하며 바라보고, 느지막한 오후에 베란다 아래나 다양한 나무가 심어진 정원의 금송 그늘 아래에 앉으려고 나왔던 그 옛날의 여인들을 상상할 것이다. 그리고 천천히 다시 해변으로 내려갈 것이다. 레아는 해변 산책을 좋아한다. 아마도 동생은 나아지고 있다고 믿게 하기 위해 나를 보며 미소 지을 것이다. 아니면 "엄마가 그랬던 것처럼" 즉흥적으로 춤출 것이다. 동생이 춤추는 모습을 너무도 보고 싶다.

옮긴이 이슬아

연세대학교 불어불문학과와 한국외국어대학교 통번역대학원 한불과를
졸업했다. 한불 통번역사, KBS월드라디오 프랑스어 방송 진행자, 코리아
헤럴드학원 강사로 활동하며 프랑스어 콘텐츠 전문채널 '멜리멜로프랑
세'를 운영하고 있다. 〈두더지와 들쥐〉 시리즈와, 『아빠! 아빠! 아빠!』『롤
라의 바다』등의 프랑스어 책을 우리말로 옮겼고, 『그래서 당신은 어떻게
생각나요?』와 『세상이 온통 회색으로 보인다면 코끼리를 움직여봐』를 공
역했다. 프랑스 서점 책방리브레리를 운영하고 있다.

@melimelo_francais
@chaekbang_librairie

아빠가 엄마를 죽였어

초판 1쇄 발행 2024년 3월 27일

지은이	필리프 베송
옮긴이	이슬아
펴낸이	윤석헌
편집	이승희
디자인	강혜림
제작처	세걸음
펴낸곳	레모
출판등록	2017년 7월 19일 제 2017-000151 호
주소	서울시 서초구 서초대로 33길 99, 201호
전자우편	editions.lesmots@gmail.com
인스타그램	@ed_lesmots
ISBN	979-11-91861-29-7 03860